中小学"阅读成长"系列

阅读成长

U0641213

艾青诗歌

本书编写组 / 编

山东教育出版社
·济南·

图书在版编目（CIP）数据

艾青诗歌/本书编写组编. — 济南：山东教育出版社，
2023.8

（阅读成长）

ISBN 978－7－5701－2607－1

Ⅰ．①艾…　Ⅱ．①本…　Ⅲ．①诗集—中国—当代

Ⅳ．①I227

中国国家版本馆CIP数据核字（2023）第157469号

AIQING SHIGE

艾青诗歌　　　　　　　　　　　　　　　　　本书编写组　编

主管单位：山东出版传媒股份有限公司

出版发行：山东教育出版社

　　　　　地址：济南市市中区二环南路 2066 号 4 区 1 号　　邮编：250003

　　　　　电话：（0531）82092660　　网址：www.sjs.com.cn

印　　刷：济南华东彩印有限公司

版　　次：2023 年 8 月第 1 版

印　　次：2023 年 8 月第 1 次印刷

开　　本：787 毫米×1092 毫米　1/16

印　　张：16.75

字　　数：346 千

定　　价：36.00 元

（如印装质量有问题，请与印刷厂联系调换）印厂电话：0531－84868168

丛书编委会

主　　编：程一凡

编　　委（按音序排列）：

戴　宏　邓永红　丁文杰　高建祥　韩　琼　黄　林

赖晓红　兰全宽　黎炳晨　李茂菲　李　松　刘　勇

欧成利　潘利英　王雪梅　吴利容　叶　玲　詹绪涛

郑　燕　周平英　邹雯雯

本书编写组

主　　编：李　松

副 主 编：邓湘娟

编写人员（按音序排列）：

邓湘娟　黄翠英　李勤花　彭佳音　孙文华　杨　惠

赵琼彬　钟　利

编者的话

　　亲爱的同学，当春日的林间传来声声清越的鸟鸣，诗云"百啭千声随意移，山花红紫树高低"；当忽来的微风轻拂午后的暑热，诗云"水晶帘动微风起，满架蔷薇一院香"；快意时"白日放歌须纵酒"，失意时"这次第，怎一个愁字了得"；挥手离别之际定要"劝君更进一杯酒"，相思难耐则"几回魂梦与君同"。纵然时空流转，隔着几千年的光阴，这些经典的古诗句唤醒了我们心底最亲切的文化记忆。

　　啊，蓬勃的生命中不能没有诗歌！

　　但是你可知道，还有一种诗歌，它在形式上采用白话，打破了旧体诗的格律束缚，它在内容上反映新生活，表现新思想，这就是中国的现代诗。自五四运动以来，新诗就成为中国现代诗歌的主体，诞生了许多脍炙人口的名篇。

　　而在这里，我们不能不提到艾青。艾青，中国现代诗歌史上的重要诗人，被称为"吹芦笛的诗人"，他的诗歌影响了许多人。

　　自古诗以来，意象就是诗歌的重要元素。那日暮的鸦啼，夜空中的明月，南来的鸿雁，客舍外的柳枝，在诗行里一经停驻，就能唤起所有中国人的情感共鸣，且跨越时空，古今相通。艾青是一位有情怀的诗人，也是一位紧扣时代脉搏、为时代而生的歌者，他将自己强烈的主观感情和个人感觉寄托在所看到的物象之上，然后将它们写进诗歌。在阅读艾青诗歌的过程中，同学们将会发现，艾青用一些常用的意象，如承载着自由、光明、理想的太阳、火把和黎明，凝聚着大地母亲和祖国形象的土地，来抒写自己深沉而真挚的爱国情怀，把最真切的诗情献给中国大地最朴实的农民父老，表达自己对光明、理想、美好生活的热烈追求。当同学们穿越于这一行行或深沉厚重，或热烈明快的文字时，你们的心灵也会被强烈的情感裹挟，重温一段段慷慨激昂的历史，经历一次次刻骨铭心的荡涤。

　　朱光潜先生说，学文学第一件要事是多玩索名家作品。在新诗的族群中，艾青的诗歌影响深远，自是名家之作。岁月不居，诗人已逝，诗情永在，静下心来细细品读，读出诗味，读懂诗人。艾青诗歌能够如一束亮光，开阔我们的视野，温暖我们的心灵，照亮我们的心性，丰富我们的生活。

亲爱的同学们，让我们共同走进艾青诗歌，读读这些跳动着时代脉搏的诗章，认识这位杰出的诗人。相信同学们一定会渐渐喜欢上艾青的现代诗，被他巧妙的构思和富有表现力的语言所折服。现在就让我们一起来开启这段美好而又充实的诗歌阅读之旅吧！

目录

◎ 研究型学习

◎ 附　　录

阅读导入

艾青诗歌——一场以诗为媒的邂逅

亲爱的少年读者，当你翻开本书开始阅读时，你就与诗歌——这一历史最悠久的文学形式有了联结；你就与艾青——这位在中国现代诗歌领域开创过"艾青时代"的诗人开始了一场以诗为媒的邂逅。

本书按创作年代的先后顺序，共选编艾青诗歌九十多首。长短诗行，五万多字，串联起诗人长达半个多世纪的生命足迹。巴黎勤工俭学时的迷惘，回国后狱中心灵的挣扎，流亡北上时的虚空，重庆轰炸日子里的愤慨，延安时期的思考……在诗篇中一一呈现。艾青曾说，诗的旋律，就是生活的旋律；诗的音节，就是生活的节拍。他在诗歌中忠实地表现生活，袒露思想，抒发情感。《我爱这土地》中嘶哑的歌唱，是艾青目睹溃退士兵和逃难平民时发出的炽痛誓言；《水鸟》中枪口下的水鸟，是艾青在夫夷江边偶遇的受伤的小生灵；《透明的夜》中那群酒徒身上藏匿着艾青内心的郁愤和反抗。阅读艾青诗歌，踩着诗歌的节拍，你会体验到诗人在不同时段的人生境遇和况味。

诗人王家新说艾青"是一位哀歌的诗人，又是一个赞歌的诗人"。他的诗歌里有晦暗的黑夜，也有光辉的黎明；有沙雾中的颓垣荒冢，也有林间野草的清芬；有徘徊不定的唐尼，也有清醒的吹号者；有为脚下土地掉落的泪水，也有为头顶晴天吹响的鸽哨……艾青曾在文章中写道：我们，是悲苦的种族之最悲苦的一代，多少年月积压下来的耻辱与愤恨，将都在我们这一代来清算……我们写诗，是作为一个悲苦的种族争取解放、摆脱枷锁的歌手而写诗。是的，时代和社会孕育出属于它们的诗人，诗人会写出属于那个时代和社会的华章。阅读艾青诗歌，你会发现：艾青的诗歌与祖国和人民的命运息息相关，它们记录民族深重的苦难，也唤醒人民心中的希望。阅读艾青诗歌，你会对个体命运与国家命运的不可分割感受深刻，从而感恩我们伟大的祖国和现在所处的美好时代。

我们为什么读诗？"读诗使人灵秀"，英国著名思想家培根认为，诗歌阅读对人性情和气质上的塑造大有裨益。诗歌自由的形式、灵动的语言、丰富的情感等特质给予读者的启悟和感发是其他文学体裁替代不了的。

　　我们为什么读艾青的诗？艾青是中国新诗史上杰出的诗人，他的作品代表着一个时代，打着特定的历史烙印。也许我们可以这样说，艾青的诗不只是诗，还是具有相当价值的时代文学史料。阅读艾青诗歌，同学们可以借助一首首诗歌走进这位与我们异时而处的诗人的心灵世界，在一行行诗句中追索上个世纪中华民族前行的艰难步伐。

　　在初中语文教材中，现代诗歌的篇幅很少。大部分同学对现代诗歌的了解只停留在有限的、零碎的诗歌教学课堂上。艾青诗歌是初中名著阅读书目所要求学习的，我们力求通过整本诗集的阅读消除同学们对现代诗歌的审美隔膜，让大家对这一文学体裁有更深入系统的认识，并探索出一条有效的阅读路径，总结出鉴赏现代诗歌的经验。

　　因此，这不仅仅是一本诗歌集结，还是一本告诉你如何深度阅读现代诗歌的"攻略"。我们在编辑本书时，站在青少年读者的角度，结合初中语文对名著阅读的考核要求，加入了章节概述、批注示范、试题检测、学习规划等助读内容，便于同学们在阅读中测验，在阅读中思考，在阅读中拓展。本书是学生自主学习的帮手，也是教师名著教学的助手。

　　同学们读完这本书，定会发现，你们以诗为媒邂逅的岂止是诗人艾青！

　　捧书在手，静心翻阅……

　　愿你们，循着艾青的文字一步步地抵达心灵深处的诗和远方。

读法指津

学者王小波说：一个人只拥有此生此世是不够的，他还应该拥有诗意的世界。看到这句话的读者大都颔首赞同。但同学们有没有这样的感受：诗意的世界固然浪漫美好，但诗的世界却显得陌生复杂——要读懂那些散漫地组合在一起的长短句子并不容易。如何读诗、懂诗？编者给你以下建议。

一要明确诗歌的内容。艾青主张诗歌一定要有聚焦的思想内容，在他看来，没有思想内容的诗，是纸扎的人或马。看似自由的诗句其实都是以灵动的形式集合在诗人所要表述的主要内容周围的。找到思想内容，便找到了诗歌的核心，我们可以通过以下途径去寻找。

首先看诗题，诗歌的题目往往是对主要内容的精要提炼。像《我的父亲》《古松》《灌木林》等，既是诗歌的题目又是本诗的题材。其次，我们还可以对诗歌每个章节的要点内容进行概括提炼，这一方法在阅读叙事长诗时尤为重要。

要把握诗人的情感。诗歌偏重于抒情言志，情绪和感情是诗歌的基础，与其他文体相比，更能显示作者的品格情怀。艾青认为：诗的情感的真挚是诗人对于读者的尊敬与信任。

在阅读中体会诗人的情感流向，我们可以从以下方面入手。

第一，读出诗中意象暗示的内容。例如，艾青的《礁石》：

一个浪，一个浪，

无休止地扑过来，

每一个浪都在它脚下

被打成碎沫、散开……

它的脸上和身上

像刀砍过的一样

但它依然站在那里

含着微笑，看着海洋……

从字面上看，这首诗写的是被海浪无情击打却岿然不动的礁石，而浪涛中的礁石不正是历经磨难仍然坚韧无畏的斗士精神的诗意概括吗？

第二，要注意诗歌中隐藏的象征性内涵，避免理解上的刻板实指。就《礁石》中的浪"无休止地扑过来"而论，仅指现实所见的一次次海水涨潮吗？不是。诗中通过对浪的动态描绘，表现的是无休止的打压。因此，我们在读诗的时候要注意：诗人往往言在此而意在彼。

在阅读艾青诗歌的过程中，我们还要注意运用以下阅读方法。

首先，阅读时要进行圈点勾画，文字批注。一是勾画批注书中你认为优美的诗句、含义深刻的诗句、有疑问的诗句等，并在空白处或编者为你准备的批注栏内记下自己当时的阅读感受。二是勾画编者所给的"阅读导引"中有价值的内容，比如阅读方法提示、文学常识、背景介绍。涉及的诗句请你重点阅读并思考。三是勾画有助于解读诗歌内涵的重要注释。

其次，阅读时要主动查阅助读资料。有不认识的字，就借助字典；对于经典名篇，可利用网络搜索各名家的不同解读来丰富自己的理解；部分诗意含蓄、解读难度大的诗篇，需查找创作背景。同学们还可阅读《艾青评传》《诗论》等著作，知人论世，便于更好地阅读诗集。

最后，请不要忘记朗诵。抗战期间，在一些城市，朗诵诗歌盛行一时。艾青在当时的诗坛享有盛名，他的诗作时常成为朗诵会上必选的作品。闻一多在昆明西南联大举行的诗歌朗诵会上就亲自朗诵了艾青的长诗《火把》。艾青自己也常常在集会上朗读自己创作的作品。同学们，当诗歌以文字的方式呈现出来时还不是一件完整的艺术作品，现代诗歌特有的节奏感和音韵美需要借助朗诵方能彰显出来。好的读者会用自己的情感和声音对诗歌进行个性化的二次创作。愿你读出艾青的诗歌之美，愿你享受自己的朗读之声。

阅读吧，亲爱的同学们，去诗中找到那个诗意的世界。

阅读规划

同学们，为了合理地规划时间，高效地阅读，建议大家用七周时间完成阅读，阅读时注意结合注释及批注来理解、赏析诗歌，同时完成相关习题。每位同学可根据自己的实际情况定阅读量，只要合理，适合自己，都可实行。下面的阅读规划仅供同学们参考：

阅读时间	阅读范围、篇目	阅读重点
第一周	三十年代诗歌	把握诗歌的意象
	《当黎明穿上了白衣》—《晨歌》	含义：意象是诗中寄寓了诗人主观情感的事物。
第二周	三十年代诗歌	作用：诗人总会创造出富有表现力的意象，传达出独特的情感。
	《小黑手》—《浮桥》 完成"点滴积累"和"精读思考"	要求：读诗要透过诗歌中的意象，理解诗歌的深层内涵。
第三周	三十年代诗歌	注意诗歌的表现形式
	《手推车》—《吹号者》	艾青的诗在形式上不拘泥于外形的束缚，很少注意诗句的韵脚、行数的整齐划一，但又常常运用有规律的排比复沓，造成一种新的统一。
第四周	三十、四十年代诗歌	品味诗歌的语言
	《他死在第二次》—《青色的池沼》	特点：诗歌的语言与日常语言相比，更为精练优美，更有利于情感的抒发。
	完成"点滴积累"和"精读思考"	作用：艾青的诗歌常常表现出简洁的明快，呈现出散文化、口语化的风格，诗中含有大量的设问、呼告、对话、引语等，极大地增强了诗歌的真切感和表现力。
第五周	四十年代诗歌	体味诗歌的情感
	《山毛榉》—《公路》	"如果逐一去掉诗歌的要素，那么最后剩下的、不能再去掉的一定是情感。"
第六周	四十年代诗歌	感情是诗歌的生命和灵魂，诗人的思想感情，或喜悦，或忧伤，或愤怒，或悲哀等等，无一不浸透在诗的字里行间。在阅读过程中，我们可以从诗歌的形象、意境中把握它所要暗示和启迪读者的东西，来体会作者的情感。
	《高粱》—《献给乡村的诗》 完成"点滴积累"和"精读思考"	
第七周	五十、七十年代诗歌	体会诗歌的理性美
	《给乌兰诺娃——看芭蕾舞〈小夜曲〉后作》—《光的赞歌》	诗歌在情感美的背后，往往蕴藏着理性美。
	完成"点滴积累"和"精读思考"	诗人在诗句中往往借助特有的意象，用比喻、拟人、排比或反复等手法，或清新或优美或精练或朴素的语言，道出了耐人寻味的哲理。

精读细看

三十年代

◎ 精读提示

　　艾青是20世纪中国以现代目光重新感受和想象了祖国大地苦难与希望的诗人。

　　1932年，艾青从法国马赛回到他深深眷恋的祖国。面对国破家亡、民不聊生的社会现实，他没有躲在自己内心的港湾中顾影自怜、自吟自唱，而是把自己的艺术追求与社会现实融合在一起，以一颗真诚而敏感的心，用朴素而富有感染力的诗歌语言塑造典型性格和典型形象，深沉忧郁地唱出了祖国的土地和人民所遭受的苦难和不幸，反映了中华民族的悲惨命运。他的诗篇激励着千千万万不愿做奴隶的人们，为神圣的国土不可侵犯而英勇斗争。

当黎明穿上了白衣

紫蓝的林子与林子之间
由青灰的山坡到青灰的山坡，
绿的草原，①
绿的草原，草原上流着
——新鲜的乳液似的烟……

啊，当黎明穿上了白衣的时候，
田野是多么新鲜！
看，
微黄的灯光，
正在电杆上战栗它的最后的时间。
看！②

　　一九三二年一月二十五日　由巴黎到马赛的路上

阳光在远处

【阳光在沙漠的远处，
船在暗云遮着的河上驰去，
暗的风，
暗的沙土，
暗的
　　旅客的心啊。
——阳光嬉笑地
　　　　射在沙漠的远处。】③

　　　　一九三二年二月三日　苏伊士河上

▽ **阅读导引**

①画出表示颜色的词，说说它们带给你的感受。
②"看"，连用两次，蕴含了新旧交替、万象更新、大光明就要到来的哲理，表达了诗人对光明的向往之情。
③诗中运用了多处对比。阳光在沙漠的远处是静的、亮的，船在暗云遮着的河上驰去是动的、暗的，阳光在远处嬉笑，而旅客的心却是暗的。一动一静，一明一暗，一乐一愁，形成巨大反差。

▽ **批注·心得**

▽ 阅读导引

①诗人用隐喻手法，描写当时处于黑暗中的社会现实，内忧外患，却仍挡不住人民渴望和平的愿望，一切都在静静发酵。朗读时注意体会。

②这是诗人对当时社会黑暗的具体描写，"警灯"象征了人们面对战争，面对社会境况已经警醒，"人世的永劫的灾难"象征了即将到来的战争灾难。

③疏的、密的、无千万的灯光，永远在挣扎的人间，表达了诗人怎样的情怀？

▽ 批注·心得

那　边

黑的河流，黑的天。
在黑与黑之间，
疏的，密的，
无千万的灯光。①

一切都静默着，
只有那边灯光的一面，
铁的声音，
沸腾的人市的声音，
不断地煽出。

【在千万的灯光之间，
红的绿的警灯，一闪闪地亮着，
在每秒钟里，
它警告着人世的永劫的灾难。】②

黑的河流，黑的天，
在黑与黑之间，
疏的，密的，
无千万的灯光，
看吧，那边是：
永远在挣扎的人间。③

一九三二年二月二十六日　湄公河畔

窗

在这样绮丽的日子
我悠悠地望着窗
也能望见她
她在我幻想的窗里

我望她也在窗前
用手支着丰满的下颌
而她柔和的眼
则沉浸在思念里

在她思念的眼里
映着一个无边的天①
那天的颜色
是梦一般青的
青的天的上面
浮起白的云片了
追踪那云片
她能望见我的影子

是的，她能望见我②
也在这样的日子
因我也是生存在
她幻想的窗里的

一九三二年　写于狱中

透明的夜

一③

透明的夜。

……阔笑从田堤上煽起……
一群酒徒，望
沉睡的村，哗然地走去……
村，
狗的吠声，叫颤了
满天的疏星。

阅读导引

①诗歌集中笔墨刻画了她的眼，你从中读出了一双怎样的眼睛？

②前后呼应，全诗洋溢着纯真融洽的情感与思念。认真朗读，你定会为之而动情。

③第一部分描写了一群酒徒哗然从田地中走出来的场面。

批注·心得

▽ 阅读导引

①交代了全诗的背景，沉睡的街、沉睡的广场，象征当时沉睡的黑暗时代。

②请参照第一部分内容概括的示例，概括第二部分的内容。

③由"油灯像野火一样"所领起的几节，分别营造了怎样的意境？

▽ 批注·心得

【村，
沉睡的街

沉睡的广场，冲进了
醒的酒坊。
酒，灯光，醉了的脸
放荡地笑在一团……

"走
　　到牛杀场，去
喝牛肉汤……"】①

　　　　　　　二②

酒徒们，走向村边
进入了一道灯光敞开的门，
血的气息，肉的堆，牛皮的
热的腥酸……
人的嚣喧，人的嚣喧。

油灯像野火一样，映出③
十几个生活在草原上的
泥色的脸。

这里是我们的娱乐场，
那些是多谙熟的面相，
我们拿起
热气蒸腾的牛骨
大开着嘴，咬着，咬着……

"酒，酒，酒
我们要喝。"

油灯像野火一样，映出
牛的血，血染的屠夫的手臂，

溅有血点的
　　屠夫的头额。

油灯像野火一样，映出
我们火一般的肌肉，以及
——那里面的——
痛苦，愤怒和仇恨的力。

油灯像野火一样，映出
——从各个角落来的——
夜的醒者
醉汉
浪客
过路的盗
偷牛的贼……

"酒，酒，酒
我们^①要喝。"

三^②

……

"趁着星光，发抖
　　我们走……"
阔笑在田堤上煽起……
一群酒徒，离了^③
沉睡的村，向
沉睡的原野
　　哗然地走去……

夜，透明的
夜！^④

一九三二年九月十日

阅读导引

　①用第一人称"我们"，表明诗人成功进入了现场，融入流浪者的行列。
　②请参照第一部分内容概括的示例，概括第三部分的内容。
　③读到这里，请概括酒徒的形象特点。
　④诗人笔下"透明的夜"的含义是诗人寻找到了自己，他们的生命之火"烛照"了夜的黑暗，让夜也变得透明。

批注·心得

_____
_____
_____
_____
_____
_____
_____
_____
_____
_____
_____
_____

▽ 阅读导引

①由雪寒联想到乳母曾给予自己的温暖，大堰河的内心世界如雪一样纯洁无瑕，表达了诗人对乳母的深切悼念。

▽ 批注·心得

大堰河——我的保姆[1]

大堰河，是我的保姆。
她的名字就是生她的村庄的名字，
她是童养媳，
大堰河，是我的保姆。

我是地主的儿子，
也是吃了大堰河的奶而长大了的
大堰河的儿子。
大堰河以养育我而养育她的家，
而我，是吃了你的奶而被养育了的，
大堰河啊，我的保姆。

大堰河，今天我看到雪使我想起了你：①
你的被雪压着的草盖的坟墓，
你的关闭了的故居檐头的枯死的瓦菲，
你的被典押了的一丈平方的园地，
你的门前的长了青苔的石椅，
大堰河，今天我看到雪使我想起了你。

【你用你厚大的手掌把我抱在怀里，
　抚摸我；
在你搭好了灶火之后，
在你拍去了围裙上的炭灰之后，
在你尝到饭已煮熟了之后，
在你把乌黑的酱碗放到乌黑的桌子上之后，
在你补好了儿子们的为山腰的荆棘扯破的
　衣服之后，
在你把小儿被柴刀砍伤了的手包好之后，

---

[1] 大堰河是诗人小时候家里一个连名字都没有的普通农妇。她一生只干过两种活：诗人小时候，她是乳母；诗人五岁后，她便做了佣工。

在你把夫儿们的衬衣上的虱子一颗颗地掐
　　死之后，
在你拿起了今天的第一颗鸡蛋之后，
你用你厚大的手掌把我抱在怀里，抚摸我。】①

我是地主的儿子，
在我吃光了你大堰河的奶之后，
我被生我的父母领回到自己的家里。
啊，大堰河，你为什么要哭？

我做了生我的父母家里的新客了！
我摸着红漆雕花的家具，
我摸着父母的睡床上金色的花纹，
我呆呆地看着檐头的我不认得的"天伦叙
　　乐"的匾，
我摸着新换上的衣服的丝的和贝壳的纽扣，
我看着母亲怀里的不熟识的妹妹，
我坐着油漆过的安了火钵的炕凳，
我吃着碾了三番的白米的饭，
但，我是这般忸怩不安！因为我
我做了生我的父母家里的新客了。②

大堰河，为了生活，
在她流尽了她的乳液之后，
她就开始用抱过我的两臂劳动了；
她含着笑，洗着我们的衣服，
她含着笑，提着菜篮到村边的结冰的池
　　塘去，
她含着笑，切着冰屑悉索的萝卜，
她含着笑，用手掏着猪吃的麦糟，
她含着笑，扇着炖肉的炉子的火，
她含着笑，③背了团箕到广场上去
　　晒好那些大豆和小麦，

阅读导引

①诗人以八个分镜头的形式回忆了在大堰河家里生活的情形，在一个个场景的铺陈中，呈现了大堰河生活的艰辛。

②诗人五岁时终于被领回了自己的家，但他心中感到忸怩不安。为什么会这样呢？

③反复连用六个笑的细节与后面"含泪地去了"形成鲜明对比，这样的细节还有很多，找出来读一读，感受那种来自心灵深处的辛酸与沉重。

批注·心得

▽ **阅读导引**

①诗人追忆大堰河悲苦的一生，讲述了她做乳母、做佣工的生活，以及她对"我"的深爱，你透过这些诗句读出了大堰河怎样的品质？

②反复强调乳儿不在她的旁侧，诗人有怎样的用意？

③这一节中量词的运用形成鲜明对比，突出了诗人对不公道世界的揭发和控诉，饱含了诗人强烈的愤慨。

▽ **批注·心得**

大堰河，为了生活，
在她流尽了她的乳液之后，
她就用抱过我的两臂，劳动了。

【大堰河，深爱着她的乳儿；
在年节里，为了他，忙着切那冬米的糖，
为了他，常悄悄地走到村边的她的家里去，
为了他，走到她的身边叫一声"妈"，
大堰河，把他画的大红大绿的关云长
　贴在灶边的墙上，
大堰河，会对她的邻居夸口赞美她的乳儿；
大堰河曾做了一个不能对人说的梦：
在梦里，她吃着她的乳儿的婚酒，
坐在辉煌的结彩的堂上，
而她的娇美的媳妇亲切地叫她"婆婆"
……
大堰河，深爱她的乳儿！】①

大堰河，在她的梦没有做醒的时候已死了。
她死时，乳儿不在她的旁侧，②
她死时，平时打骂她的丈夫也为她流泪，
五个儿子，个个哭得很悲，
她死时，轻轻地呼着她的乳儿的名字，
大堰河，已死了，
她死时，乳儿不在她的旁侧。

【大堰河，含泪地去了！
同着四十几年的人世生活的凌侮，
同着数不尽的奴隶的凄苦，
同着四块钱的棺材和几束稻草，
同着几尺长方的埋棺材的土地，
同着一手把的纸钱的灰，
大堰河，她含泪地去了。】③

这是大堰河所不知道的：
她的醉酒的丈夫已死去，
大儿做了土匪，
第二个死在炮火的烟里，
第三，第四，第五
在师傅和地主的叱骂声里过着日子。
而我，我是在写着给予这不公道的世界的
　　咒语。
当我经了长长的漂泊回到故土时，
在山腰里，田野上，
兄弟们碰见时，是比六七年前更要亲密！
这，这是为你，静静地睡着的大堰河
所不知道的啊！

大堰河，今天，你的乳儿是在狱里，
写着一首呈给你的赞美诗，
呈给你黄土下紫色①的灵魂，
呈给你拥抱过我的直伸着的手，
呈给你吻过我的唇，
呈给你泥黑的温柔的脸颜，
呈给你养育了我的乳房，
呈给你的儿子们，我的兄弟们，
呈给大地上一切的，
我的大堰河般的保姆和她们的儿子，
呈给爱我如爱她自己的儿子般的大堰河。

大堰河，
我是吃了你的奶而长大了的
你的儿子，
我敬你
爱你！②

一九三三年一月十四日　雪朝

▽ **阅读导引**

①"紫色"写出了大堰河心灵所受的创伤与痛苦，写出了诗人自己对保姆的真切感情，但又不完全是在写大堰河，她成了一个象征：大地的象征，劳动者的象征，伟大母亲的象征。

②诗歌的结尾为什么要改用第二人称呢？

▽ **批注·心得**

芦笛

——纪念故诗人阿波里内尔①

> J'avais un mirliton que je n'aurais
> pas échangé contre un baton de
> maréchal de France.
> —G. Apollinaire[1]

我从你彩色的欧罗巴[2]
带回了一支芦笛，②
同着它，
我曾在大西洋边
像在自己家里般走着，
如今
你的诗集"Alcool"[3]是在上海的巡捕房里，
我是"犯了罪"的，
在这里
芦笛也是禁物。
我想起那支芦笛啊，
它是我对于欧罗巴的最真挚的回忆，
阿波里内尔君，
你不仅是个波兰人，
因为你
在我的眼里，
真是一节流传在蒙马特[4]的故事，
那冗长的，

---

[1] 当年我有一支芦笛，拿法国大元帅的节杖我也不换。——阿波里内尔。阿波里内尔：法国诗人，超现实主义的开创者。艾青早年在法国留学时，受过他的影响。

[2] 欧罗巴：欧洲全称。

[3] Alcool：法文，酒。

[4] 蒙马特：法国历史上有名的蒙马特尔高地，当时有许多作家、艺人曾住在这里。

惑人的，
由玛格丽特[1]震颤的褪了脂粉的唇边
吐出的堇色的故事。
谁不应该朝向那
白里安[2]和俾士麦[3]的版图
吐上轻蔑的唾液呢——
那在眼角里充溢着贪婪，
卑污的盗贼的欧罗巴！
但是，
我耽爱着你的欧罗巴啊，
波特莱尔[4]和兰布[5]的欧罗巴。①

在那里，
我曾饿着肚子
把芦笛自矜地吹，
人们嘲笑我的姿态，
因为那是我的姿态呀！
人们听不惯我的歌，
因为那是我的歌呀！
滚吧，
你们这些曾唱了《马赛曲》，
而现在正在淫污着那
光荣的胜利的东西！
今天，
我是在巴士底狱里，
不，不是那巴黎的巴士底狱。

[1] 玛格丽特：一种花名，原名叫蓬蒿菊或木春菊。它的花语是骄傲、满意、喜悦。又名少女之花。
[2] 白里安：法国政治家和外交家，支持法国参加第一次世界大战，曾主持战时内阁。
[3] 俾士麦：现多译为"俾斯麦"，德意志帝国首任宰相，靠"铁血政策"统一了德国。
[4] 波特莱尔：法国十九世纪最著名的现代派诗人，象征派诗歌先驱，代表作有《恶之花》。
[5] 兰布：法国著名诗人，诗歌风格沉雄浑朴，但调子忧郁，曾自嘲为"悲哀的诗人"。

▽ **阅读导引**

①诗人热爱充满艺术的、自由的、有着《马赛曲》光荣历史的欧罗巴，憎恶弥漫着贪婪、卑污、似盗贼的帝国主义欧罗巴。这表现了诗人爱憎分明的情感。

▽ **批注·心得**

芦笛并不在我的身边，
铁镣也比我的歌声更响，
但我要发誓——对于芦笛，
为了它是在痛苦地被辱着，
【我将像一七八九年似的
向灼肉的火焰里伸进我的手去！
在它出来的日子，
将吹送出
对于凌侮过它的世界的
毁灭的咒诅的歌。
而且我要将它高高地举起，
以悲壮的 Hymne[1]
把它送给海，
送给海的波，
粗野地嘶着的
海的波啊！】①

一九三三年三月二十八日

马　赛[2]

如今
无定的行旅已把我抛到这
陌生的海角的边滩上了。

【看城市的街道
摆荡着
货车也像醉汉一样颠扑，
不平的路

---

[1] Hymne：法文，颂歌。
[2] 本诗选入时略有删改。马赛，法国历史古城。

使车辆如村妇般
连咒带骂地滚过……
在路边
无数商铺的前面
潜伏着
期待着
看不见的计谋，
和看不见的欺瞒……】①
市集的喧声
像出自运动场上的千万观众的喝彩声般
从街头的那边
冲击地
播送而来……
接连不断的行人，
匆忙地，
跄踉地，
在我这迟缓的脚步旁边拥去……
他们的眼都一致地
观望他们的前面
——如海洋上夜里的船只
朝向灯塔所指示的路，
像有着生活之幸福的火焰
在茫茫的远处向他们招手
……
在你这陌生的城市里，
我的快乐和悲哀，
都同样地感到单调而又孤独！②
像唯一的骆驼，
在无限风飘的沙漠中，
寂寞地寂寞地跨过……
街头群众的欢腾的呼嚷，
也像飓风所煽起的砂石，
向我这不安的心头
不可抗地飞来……

▽ 阅读导引

①诵读诗歌，体会这是一个怎样的马赛，表达了诗人怎样的情感？

②诗人感到陌生与孤独，无法融入城市，与《透明的夜》中诗人所表达的流浪者无所归依的悲哀是一样的。请诵读体会。

▽ 批注·心得

午时的太阳，

是中了酒毒的眼，

放射着混沌的愤怒

和混沌的悲哀……

……

烟囱！

……

头顶上

忧郁地流散着

弃妇之披发般的黑色的煤烟……

多量的

装货的麻袋，

像肺结核病患者的灰色的痰似的

从厂旁的门口，

不停地吐出……看！①

工人们摇摇摆摆地来了！

如这重病的工厂

是养育他们的母亲——

保持着血统

他们也像她一样的肌瘦枯干！

他们前进时

溅出了沓杂的言语，

而且

一直把烦琐的会话，

带到电车上去，

和着不止的狂笑

和着习惯的手势

和着红葡萄酒的

空了的瓶子。②

海岸的码头上，

堆货栈

和转运公司

和大商场的广告，

强硬地屹立着
像林间的盗
等待着及时而来的财物。
那大邮轮
就以熟识的眼对看着它们
并且彼此相理解地喧谈。
若说它们之间的
震响的
冗长的言语
是以钢铁和矿石的词句的,
那起重机和搬运车
就是它们的怪奇的嘴。
这大邮轮啊
世界上最堂皇的绑匪!
几年前
我在它的肚子里
就当一条米虫般带到此地来时,
已看到了
它的大肚子的可怕的容量。
它的饕餮的鲸吞
能使东方的丰饶的土地
遭难得
比经了蝗虫的打击和旱灾
还要广大,深邃而不可救援!
半个世纪以来
已使得几个民族在它们的史页上
涂满了污血和耻辱的泪……
而我——
这败颓的少年啊,
就是那些民族当中
几万万里的一员!
今天
大邮轮将又把我
重新以无关心的手势,

▽ **阅读导引**

　　①这里诗人表达了什么样的情感呢?

　　②诗人痛快淋漓地直抒胸臆,无情、犀利地揭露了马赛的"罪恶"。

　　③这首诗感情真挚而深沉,想象力丰富,请概括诗人看见了什么,怀念着什么。

▽ **批注·心得**

抛到它的肚子里,

像另外的

成百成千的旅行者们一样。

马赛!

当我临走时

我高呼着你的名字!

而且我

以深深了解你的罪恶和秘密的眼,

依恋地

不忍舍去地看着你,①

看着这海角的沙滩上

叫嚣的

叫嚣的

繁殖着那暴力的

无理性的

你的脸颜和你的

向海洋伸张着的巨臂,

因为你啊

你是财富和贫穷的锁孔,

你是掠夺和剥削的赃库。

马赛啊

你这盗匪的故乡

可怕的城市!②

一九三三年

铁窗里③

只能通过这唯一的窗,

我才能——

看见熔铁般红热的奔流着的朝霞;

看见潮退后星散在平沙上的贝壳般的云朵;

看见如浓墨倾泻在素绢上的阴霾;

看见如披挂在贵妇人身体上的绯色薄纱的霓彩;

看见去拜访我的故乡的南流的云;

看见拥上火的太阳的东海的云；

看见法兰西绘画里的塞纳河上的晴空；

看见微风款步过海面时掀起鱼鳞样银浪般的天；

看见狂热的夏的天，抑郁的春的天，飘逸而
　　又凄凉的秋的天；

看见寂寞的残阳爬上
　　延颈歌唱在屋脊上的鸠的肩背；

看见温煦的朝日在翩跹的鸽群的白羽上闪光；

看见夜游的蝙蝠回旋在沉重的暮气里……

只能通过这唯一的窗，

我才能举起——

对于海洋的怀念，
　　当碧空虚阔地展开的时候；

对于马雅可夫斯基的诗的太阳的怀念，
　　当炎阳投射在赤色的围墙上；

对于千万的伸着古铜般巨臂的新世界创造者的怀
念，
　　当汽笛的声音悠长而豪阔地横过；

对于秋的绯红的森林与萧萧芦洲的怀念，
　　在秋风里；

对于家乡的满山火焰般杜鹃花的怀念，
　　在传来的卖花声里；

对于坐着白漆艇荡过烟水渺茫的湖的怀念，
　　当天空扬过一片云的白帆；

对于都市的汹嚣的夜的街道的怀念，
　　当墙外喧响过车声与人语；

对于被夕阳烫熨着的大地的怀念；

对于雪的怀念，
　　五月的秋的海的怀念；

对于一切在我的记忆里留过烙印的东西，都
　　怀念着……

只能通过这唯一的窗，

▽ **阅读导引**

　①诗人心中充满希望，不断希冀带给我们生命的力量，表达了诗人对美好生活的怀念，对光明和自由的无限渴望。

　②以"行吟"为题，读到了在世界各地一边画画一边吟唱着自己诗歌的诗人形象。

▽ **批注·心得**

我才能举起仰视的幻想的眼波，
在迎迓一切新的希冀——
在黄昏里希冀皓月与繁星，
在深夜希冀着黎明，
在炎夏希冀秋凉，
在严冬又希冀新春，
这不断的希冀啊①
使我感触到世界的存在；
带给我多量的生命的力。
这样，
我才能跨过——
　　这黎明黄昏，黄昏黎明，春夏秋冬，秋冬春夏的
　　　茫茫的时间的大海啊。

画者的行吟②

沿着塞纳河
我想起：
昨夜锣鼓咚咚的梦里
生我的村庄的广场上，
跨过江南和江北的游艺者手里的
那方凄艳的红布，……
——只有西班牙的斗牛场里
有和这一样的红布啊！
爱弗勒铁塔[1]
伸长起
我惆怅着远方童年的记忆……
由铅灰的天上
我俯视着闪光的水的平面，
那里

---

　[1] 爱弗勒铁塔，即埃菲尔铁塔。

画着广告的小艇

一只只地驰过……

汽笛的呼噢一阵阵地带去了

我这浪客的回想

从蒙马特到蒙巴那司，

我终日无目的地走着……

如今啊

我也是个 Bohemien [1] 了！

——但愿在色彩的领域里

不要有家邦和种族的嗤笑。①

在这城市的街头

我痴恋迷失地过着日子，看哪

Chagall [2] 的画幅里

那病于爱情的母牛，

在天际

无力地睁着怀念的两眼，

露西亚田野上的新妇

坐在它的肚下，

挤着香洌的牛乳……

噫！

这片土地

于我是何等舒适！

听啊

从 Cendrars [3] 的歌唱，

像 T.S.F. [4] 的传播

震响着新大陆的高层建筑般

簇新的 Cosmopolite [5] 的声音

▽ 阅读导引

　①读了这几行诗，你联想到了什么？

▽ 批注·心得

[1] 法文，流浪汉。
[2] 法国现代著名雕塑家、画家。
[3] 出生于瑞士的法国小说家、诗人。
[4] 法文，无线电报。
[5] 英文，世界主义的、国际性的。

▽ 阅读导引

①在这里，诗人一颗赤诚的心在跳动，这些诗句道出了诗人想要过上彩色、明朗、自由的生活的企盼。

②这几行诗语言流畅，表达了诗人的梦想，诵读感受诗人这种独特的情感和节奏。

③诵读全诗，想一想，诗人在诗中描绘的是一个怎样的秋天？

▽ 批注·心得

【我——
这世上的生客，
在他自己短促的时间里
怎能不翻起他新奇的欣喜
和新奇的忧郁呢？】①
生活着
像那方悲哀的红布，
飘动在
人可无懊丧地死去的
　　蓝色的边界里，
永远带着骚音
我过着彩色而明朗的时日；
在最古旧的世界上
唱一支锵锵的歌，
这歌里
以溅血的震颤祈祷着：
愿这片暗绿的大地
将是一切流浪者们的王国。②

我的季候③

今天已不能再坐在
公园的长椅上，看鸽群
环步于石像的周围了。
唯有雨滴
做了这里的散步者；
偶尔听见从静寂里喧起的
它的步伐之单调而悠长的声响，
真有不可却的抑郁
袭进你少年的心头啊。
沿着无尽长的人行道，
街树枝头零落的点滴

飘散在你裸露的颈上；
伸手去触围着公园的
　　铁的栏栅，像执着
倦于憎爱的妇女之腻指，
使你感到有太快慰了的
新凉……
这是我的季候……
让我打着断续而扬抑起
直升到空虚里去的
音节之漫长的口哨，
向一切无人走的道上走去……
每当我想起了……初春之
过甚的浮夸，夏的傲慢的
炽烈，并严冬之可叹的
冷酷时，我愿岁岁朝朝
都挽住了这般的
含有无限懊丧的秋色。①
乌黑的怨恨，金煌的情爱
它们一样地与我无关；
而对于生命的挂怀，
和什么幸运的热望呀，
已由萧萧初坠的残叶，
告知你以可信的一切了。
秋啊！
你全般灰色的雨滴，
请你伴着我——为了我
已厌倦于听取那些
佯作真理的烦琐的话语——
和我守着可贵的契默。②
跨过那
由车轮溅起了
污水的广场，往不知
名的地方流浪去吧！

▽ **阅读导引**

　①诗句通过对实际春夏秋冬的比较，表达了诗人怎样的情感？

　②以雨滴作为核心意象，描绘了秋雨的景象。诗人对秋的情感是怎样的？

▽ **批注·心得**

▽ **阅读导引**

　①寒冷的瓦背、天边坠落的星星等意象的选取，抒写了诗人在狱中黎明时怎样的复杂情绪？朗读时请认真感受。

　②本诗选入时略有删改。这首诗取材于《史记·陈涉世家》中对陈胜、吴广大泽乡起义的叙述。诗人展开丰富的想象，加以适度的虚构，创作了这数百行的叙事长诗。整首诗分为七个部分，请认真诵读并归纳每部分的诗意。

▽ **批注·心得**

_____

_____

_____

_____

_____

_____

_____

_____

_____

_____

_____

_____

_____

黎　明

啁啾的小雀淹留着
不是淹留在家园的檐角

阴郁的电线久已成了
比竹篱更阴郁的家

航轮起碇的哨声之后
瓦背上定留新的冷感

梦，已随天边的星坠了①
瑟缩的心不再有鼓翼的勇气了

天幕是翻飞在窗外的灰蓝布
它飘起了冥想的又一个开始

九百个②

一

渔阳，
快到了吧？

夜是这般黝黑，
风是这般凄厉。
我们身上淋着雨水，
我们的脚溅着泥浆。

渔阳，
还有多少路？

疲乏压着我们的背，
饥饿拉住我们的腿，

长官叱骂着我们，
皮鞭抽打着我们；

渔阳，
还有几天呢？

我们走过无边的原野，
我们走过荒原的秋林；
悠长的黑的夜啊！
困苦的泥泞的路啊！
渔阳，
快到了吧？①

二

在沓杂的脚步声里，听：
"我们没有幸福，
我们都是奴隶！"

"我们的生活，
饥饿，疾病，耻辱！
他们的生活，
温饱，骄奢，淫逸！"

在沓杂的脚步声里，听：
"田地要荒了，
果园也将长满野草；
遥望烟雾弥漫的天边，
我们妻女的眼泪，将
洒在故乡枯干的土地上……"

在沓杂的脚步声里，听：
"纳不出给秦国的税，
我们的田地将被占据……"

▽ **阅读导引**

　①我们踏过雨水、泥浆，穿过原野、秋林，走向那痛苦的地方——渔阳。

▽ **批注・心得**

▽ 阅读导引

　　①他们享受着，代价是我们的生命；我们痛苦着，伴随着他们的剥削。
　　②诗歌运用多处具体的对比，找出并说说这些对比的具体作用。
　　③"雨更大了""雨在哭泣着"这几节诗形成鲜明的对比。

▽ 批注·心得

_____

_____

_____

_____

_____

_____

_____

_____

_____

_____

_____

_____

_____

_____

_____

_____

_____

_____

【在沓杂的脚步声里，听：
"昨天，
我们流尽劳动的苦汗，
造成剥削者的安乐；
昨天，
我们溅出生命的鲜血，
去保卫秦皇的幸福。"

在沓杂的脚步声里，听：
"我们没有幸福，
我们都是奴隶！"】①

三②

在林子里
有个村
叫大泽乡。

【雨更大了，
我们躺下吧！
我们不走了吧！

雨更大了，
我们——九百个
躺在村边的破庙里，
我们——九百个
个个都在忧伤！

雨在哭泣着；
但，大泽乡
今夜欢笑着；
——土豪们在欢宴
秦国的长官。】③

…………

听，雨的那边
大泽乡
飘在笙歌里……
听，雨的那边
大泽乡
浸在笑浪里……

醉吧，
悬灯结彩的大泽乡！

雨呜咽着，
九百个边防车
个个在恐怖着——
因为秦国
有庄严的军律：
"迟到者法斩"。

村已沉睡了；
但雨醒着，我们
九百个醒着——
个个的心里
都静静地
随着淫淫的雨

烧起
愤恨的火……

在林子里
有个村
叫大泽乡。

▽ 批注・心得

▽ **阅读导引**

　　①雨来了，他们醉倒在骄奢的生活里，我们走不了，只有严刑等待着我们。奋起吧，反抗吧，九百个痛苦的人啊！

　　②这一部分精彩的细节描写，请找出来朗读并体味其作用。

▽ **批注·心得**

我们不走了吧！
雨，你任性地打吧！①

四②

"布满了乌云的夜，
站在浩荡的长江边上
静听着波涛冲击的声响，
从隔江的林子，随风吐出
秋天的浓烈的气息……
我恨你被雨水倾打着的
赭色的林子啊！
从那里，长出了
我们悲苦的命运——
当我伫立在
这破庙的门前
向那天的边际凝视啊
杂着江水冲打的声音
无边的旷野不断地
流出村犬的吠声；
黑邃的土地也不断地
送出我永远难忘的
痛苦的记忆……

土地啊！和你一样
我们是被暴乱的风雨
吹打惯了的农夫；
江河啊！和你一样
我们的心里也有巨大的
争斗的叫喊潜伏着！
我们啊！永远是
土地的儿子，
江河的儿子。
……

看，
从破庙的里面
以高大的黑影
向这边走来的
是谁呀？"

"兄是陈胜，
弟是吴广。
但，我问你
你的眼为什么含着泪？
你的厚唇却又宽怀地笑着？
你的发像一簇临风的野草；
你的拳头有如坚硬的石块……
陈胜呀！
把你的痛苦告诉我吧！"

"既然兄是陈胜，
弟是吴广，
我们的一切都是一样：
昨天，我们是田里的佣奴——
我们血汗的收获
不够还足秦国的课税；
今天，我们是兵士
被遣发到边域去，
在那里，我们用
千万人的生命
筑成秦皇幸福的墙围；
而敌人的骑士
勇敢里带着残忍。
所以往北方去的
从没有归来的消息——
任我们的母亲、妻子和儿女
流干了期待的眼泪，

▽ 阅读导引

　　①陈胜、吴广站起来了，那是生的希望。畏缩是死，反抗也是死，为什么不赌上生命去搏一搏？

▽ 批注·心得

我们的尸骨将永埋在荒草里
如今，我们的行期
已被风雨的阻碍延误了！
依照秦国的军律
我们将被处死——
像镰刀割着丛草；
你我都是旷野上的好汉
生来具有宏伟的心胸
在田野的苦厄里
早已萌起战斗的志愿，
【起来吧！
去唤醒
我们成千的兄弟，
整列着队伍
和暴压的秦皇对抗！
我是陈胜，
你是吴广！"】①

五

在到大泽乡的第七天，
晨曦刚掠过破庙的檐头，
兵士们聚集在稻草堆上，
三三五五地分散着，
传述一种星火似的消息：
昨晚从林子里飘来
有"拥护陈胜"的呼喊，
——陈胜是他们的兄弟
知道九百个痛苦
像知道他自己的痛苦一样，
兵士们的心里
个个都充满着欢喜，
像春阳照临大地
泛滥着一种光明的希冀；

吴广在兵士与兵士之间
有如水田里的青蛙
嘶声地喊，叫起了
九百只的青蛙，
在破庙的四角响应！①

当雨水更疯狂地由头顶落下
那两个长官从破庙外走来，
踉踉跄跄地；
冒着血丝的眼
还留着昨夜
美酒的醉意，
跑到破庙门口，他们
突然圆瞪着眼
叱骂着星散的兵士，
说他们是狗，是畜类……
这时候，
九百个的心
早已串成一条
复仇的链索了！
那大汉子——吴广
摆动着宽大的肩膀
一步步地逼近长官，
以果敢的话语
向静寂的空气掷去：
"我们一共九百个，
个个都在受苦，
没有白日和黑夜，
冒着风雨奔走，
已经九天了——
我们在这潮湿的泥地上，
腐烂的稻草堆里，
挨过悠长的夜，

▽ 阅读导引
　①此处写陈胜、吴广受到称赞，受到拥护，为后面起义成功作铺垫。

▽ 批注·心得

▽ **阅读导引**

①黎明到来，光明正向我们走来，杀了狗官，报了仇，去创造属于我们的明天。

▽ **批注·心得**

九百个没有一个睡眠！……"
那两个长官的眼里
顿时冒着火焰，
破庙的四角也在骚动了！
这时，一个长官的身子
已被几个兵士扭倒在地上；
另外的一个，从腰边
抽出闪光的剑，
迅速地向吴广的胸口刺来，
吴广以敏捷的手
抵开了剑锋，
把身子往他的左面一转，
扭住了长官拿剑柄的手，
夺过了剑子……
九百个
在倾盆的雨声里
一齐地喊着：
"拥护陈胜！
拥护吴广！"①

六

"拥护陈胜！
拥护吴广！"

"兄弟们，
天是这样下雨，
我们又过着饥饿的日子，
到渔阳早已误过了日期，
照秦国的军律，
我们——九百个
个个都要处死，
既然要死
应该死在战斗里！

应该死得光荣！
秦皇和他所属的
贪官污吏，
大腹贾，土豪们，
全是寄生虫，
吸吮我们血液的野兽，
我们的劳力
造成他们的财富；
如今，秦皇
又把我们往沙漠边上送，
在北方，朔风将像皮鞭
抽打我们的身体，
敌人的马队，在夜里
将震惊魂魄地驰过；
而他们——统治者
却在后方过着欢笑的日子……
你们知道吗——
阿房宫有着永远的春色？
他们看不见
我们洒在边疆的血液！
……
怎会想起我们
暴晒在荒野上的枯骨？
今天，他们为了维持
他们永久的淫逸，
我们——九百个的生命
像野草等待刈割
将成了他们军法的牺牲！
兄弟们啊！
在大地上
我们从来没有幸福，
但，天生了你我
有什么和他们两样？"

九百个
在倾盆的雨声里
一齐地喊着：
　"反对到渔阳！
打倒秦皇！"①

七

大泽乡咆哮了！
在狂暴的风声里，
冲出了九百个的吼叫，
那一片汪洋的大水
象征着叛乱者的意志，
泛滥出千万年的积郁，
击碎军纪的链索，
冲陷法律的堤岸
他们的队伍是最坚强的！
而天幕下一切受辱的人们，
将应合着他们的叫喊
从林间，从茅舍，从
每个黑暗的角落奔出，
提供了自己的生命，
去扑杀那共同的仇敌！
看，那无数的黑色之群
汹涌着来了——从黑色的
土地到黑色的土地……
他们的武器，就是那
几千年来翻掘土地的
锄头，和永远伴着他们的
镰刀，他们拔起竹竿，
当作义举的大纛[1]；

---

[1] 纛（dào）：大旗。

那不止的风雨，
成了他们的战鼓；
他们前进，他们呼喊
那粗暴的声音，
震颤了深厚的地层！
阵线随着时间
在田野上迅速地张开着——
谁能说这就是
秦皇统治的全领域？
大地摆荡着，
扬子江也在跳跃了！
九百个做了他们的先驱
勇敢无畏地迈进着……
他们所到的地方
没有阻碍，因为
正义是属于他们的；
耻辱的将变成光荣；
束缚的也得了解放，
莫说他们凶暴得像野兽，
他们要争取生活的权利！
人们应该祝福他们
胜利，因为他们
才是大地真正的主人[①]！

晨　歌

拭去你的眼泪吧——
打开窗
让你伏在
金黄的大鹏鸟的翅膀下……

大鹏鸟起飞时

▽ **阅读导引**

①战斗终于打响，那愤怒的嘶吼让敌人无处逃遁，胜利属于这九百个人，属于千千万万耕耘土地的主人。

▽ **批注·心得**

▽ **阅读导引**

①梦在这里象征了黑暗统治下单纯、渴望自我救赎和抚慰众生的愿望。

②想一想：这几句诗表达了诗人怎样的情感？

③肤色的暗淡与水果色彩的艳丽，形成鲜明对比，揭示了当时社会阶层存在巨大的差异。

▽ **批注·心得**

你的梦①
会离弃夜的烦忧
和黑暗之畏惧的

让它把你带去！
到无极的海洋
与无风的沙漠
或是阿尔卑斯山之巅

挟着希望的遨游者有福了
愿你借大鹏鸟的羽光
给沉睡的世界，和它的
匍匐着的众生以抚慰吧！②

小黑手

【小吉普赛
有黑的脸
有黑的手

小吉普赛
站在水果铺子的前面
看见红的柿子
看见黄的香蕉】③

小吉普赛
伸出小黑手
拿了一只香蕉
放进饥饿的嘴里

水果铺子的女主人
飞快地走出水果铺子

夺去了小黑手里的香蕉
而且，向小黑手脸上打着

小吉普赛哭了
用小黑手
擦他的小黑脸
他一直把哭声
带到他祖父那儿
他张开饥饿的小嘴
（用我听不懂的话）：
——那是吃的东西
我怎么不能吃?①

一九三三年　写于狱中

梦②

我们挤在一间大房子里
房子是在旷野上的
那些女人把乳头塞住那些小孩的嘴
老人痉挛地摇着头
——想把恐怖从他的头上摆去
这么多的人却没有一点声音
像有火车从远处驰来……
屋角有人在惊叫：
"飞机　飞机　飞机"
啊，
从挤满人的窗下
向铅灰色的天看哪……
"就在我们这房子的上面！"
黑色的巨翼盖满了灰色的天
还是出去吧

▽ **阅读导引**

　①近乎口语的诗句，用儿童缺乏是非观的疑问之语，表达了社会生活的巨大差异，彰显了诗人的价值观。

　②诗中的梦是一个怎样的梦?

▽ **批注·心得**

▽ 阅读导引

　　①一句接一句的疑问，我们读出了诗人对战后环境变化的质问，对渴望逃离战争的呐喊与彷徨，在战争背景下对生命本质与人性的拷问。
　　②不再逃离，心存报国之志，即为钢盔。那么你从诗人对梦的叙述中读出了诗人怎样的情怀？

▽ 批注·心得

不论老的和带着小孩的
让不会走的给背去！
哪儿来的这么多人
快点离开这房子吧
【旷野从什么时候起变成这样了？
没有树　没有草
一片青色到哪儿去了？
还有那些花香呢？
——我好像在这里躺过的
那日子是红的　绿的　黄的　紫的
谁欢喜这烧焦了的气息？
谁欢喜天边的那片混浊猩红？
不像朝云！不像晚霞！
你们为什么走那边呢
（让小孩不要哭吧）
那一条路可以通到安静的地带吗？
咳，谁能给我们一个指示的手势？
天压得更低了……
又是飞机　飞机
看，那边
扬起了泥土
房子倒了
砖飞得那么高——落下了
啊，是的
所有的树和草都是这样死去的；
但是，我们像树和草吗？】①
让我们不再走了吧
也不要回到避难所去！
我们应该有一个钢盔
每人应该戴上自己的钢盔。②

一九三七年春
附记：一九三七年春天的一个晚上，我在战争的预感里做了一个梦，这诗是完全依照着那梦记录下来的——连最后的尾巴都是。

春　雨

我愿天不下雨——
让我走出这乌黑的城市里的斗室，
走过那些煤屑铺的小路
慢慢地踱到郊外去，
因为此刻是春天——
毛织物该折好的季候了。
【我要看一年开放一次的
桃花与杏花
看青草丛中的溪水，
徐缓地游过去
——像一条银色的大蟒蛇；
看公路旁边的电线上的白鸽，
咕叫着，拍着翅膀的白鸽；
看那些用脚踏车滑过柏油路的少女——
那些少女爱穿短裤
在柔风里飘着她们的鬈发，
一片蔚蓝的天
衬出她们鲜红的两颊
　和不止的晴朗的笑……
而我将躺在高岗上，
让白云带着我的心
航过天之海……
我要听那些银铃样的歌声——
来自果树园中的歌声；
那些童年之珍奇的询问；
和那些用风与草编成的情话……
愿啮草的白羊来舐我的手，
我将给篱笆边上的农妇

阅读导引

　　①诗人以澎湃的激情，绚丽多彩的笔墨以及巧妙的比喻描绘了什么？如此美景，为什么诗人却无法享受呢？

　　②太阳象征了光明、美好。

　　③这一个"滚"字有什么作用呢？

批注·心得

和她的怀孕的牝牛以祈祷；
而我也将给这远方的，迷失在
煤烟里的城市
和繁忙的人群以怜悯……
但，天却飘起霏霏的雨滴了……】①

一九三七年三月二十三日　上海

太　阳

从远古的墓茔
从黑暗的年代
从人类死亡之流的那边
震惊沉睡的山脉
若火轮飞旋于沙丘之上
太阳②向我滚③来……

它以难遮掩的光芒
使生命呼吸
使高树繁枝向它舞蹈
使河流带着狂歌奔向它去

当它来时，我听见
冬蛰的虫蛹转动于地下
群众在旷场上高声说话
城市从远方
用电力与钢铁召唤它

于是我的心胸
被火焰之手撕开
陈腐的灵魂
搁弃在河畔
我乃有对于人类再生之确信

一九三七年春

煤的对话[①]
——A Y.R.

你住在哪里?

我住在万年的深山里
我住在万年的岩石里

你的年纪——

我的年纪比山的更大
比岩石的更大

你从什么时候沉默的?

从恐龙统治了森林的年代
从地壳第一次震动的年代

你已死在过深的怨愤里了吗?

死? 不, 不, 我还活着——
请给我以火, 给我以火![②]

一九三七年春

▽ 阅读导引

①夜在这里象征了国民党反动派统治下的残酷黑暗的社会现实。

②艾青说，在不自由的岁月里他歌唱自由，歌唱解放。末两句也凝结了诗人这样深切的感悟，极具精神震撼力，诵读体会这两个画龙点睛之句的妙处。

▽ 批注·心得

春

春天了
龙华[1]的桃花开了
在那些夜间开了
在那些血斑点点的夜间
那些夜是没有星光的
那些夜是刮着风的
那些夜听着寡妇的咽泣①
而这古老的土地呀
随时都像一只饥渴的野兽
舐吮着年轻人的血液
顽强的人之子的血液

于是经过了悠长的冬日
经过了冰雪的季节
经过了无限困乏的期待
这些血迹，斑斑的血迹
在神话般的夜里
在东方的深黑的夜里
爆开了无数的蓓蕾
点缀得江南处处是春了
人问：春从何处来？
我说：来自郊外的墓窟。②

一九三七年四月

生 命

有时
我伸出一只赤裸的臂
平放在壁上

---

[1] 龙华是一个曾经洒满了革命先烈鲜血的黑暗之地。柔石、殷夫、胡也频、李伟森、冯铿，这五位年轻的革命者在龙华被反动派无情地杀害了。

让一片白垩的颜色
衬出那赭黄的健康

青色的河流鼓动在土地里
蓝色的静脉鼓动在我的臂膀里

五个手指
是五支新鲜的红色①
里面旋流着
土地耕植者的血液

我知道
【这是生命
让爱情的苦痛与生活的忧郁
让它去担载吧，
让它喘息在
世纪的辛酸的犁轭下，
让它去欢腾，去烦恼，去笑，去哭吧，
它将鼓舞自己
直到颓然地倒下！】②

这是应该的
依照我的愿望
在期待着的日子
也将要用自己的悲惨的灰白
去衬映出
新生的跃动的鲜红。③

一九三七年四月

浪

【你也爱那白浪吗——
它会啃啮岩石

① 为什么说生命是红色的呢？
② 诗人在这里概括了生命的哪些内涵呢？
③ 这几句写出了诗人对生命意义的理解，表达了诗人的决心，有震撼人心灵的力量。请认真阅读并体会。

▽ 阅读导引

▽ 批注·心得

▽ **阅读导引**

　　①诗人紧紧围绕着浪的力量这一主题展开诗歌创作，从哪两个方面来表现浪的力量呢？

　　②诗人说：浪是无理性的，诗人为什么又觉得它是美丽的呢？

▽ **批注·心得**

更会残忍地折断船橹
撕碎布帆】①

没有一刻静止
它自满地谈述着
从古以来的
航行者的悲惨的故事

或许是无理性的
但它是美丽的②

而我却爱那白浪
——当它的泡沫溅到我的身上时
我曾起了被爱者的感激

　　　　　　　一九三七年五月二日　吴淞炮台湾

黎　明

当我还不曾起身
两眼闭着
听见了鸟鸣
听见了车声的隆隆
听见了汽笛的嘶叫
我知道
你又叩开白日的门扉了……

黎明，
为了你的到来
我愿站在山坡上，
像欢迎
从田野那边疾奔而来的少女，
向你张开两臂——

因为你,
你有她的纯真的微笑^①,
和那使我迷恋的草野的清芬。

我怀念那:
同着伙伴提了篾篮
到田堤上的豆棚下
采撷豆荚的美好的时刻啊——
我常进到最密的草丛中去,
让露水浸透了我的草鞋,
泥浆也溅满我的裤管,
这是自然给我的抚慰,
我将狂欢而跳跃……

我也记起
在远方的城市里
在浓雾蒙住建筑物的每个早晨,
我常爱在街上无目的地奔走,
为的是
你带给我以自由的愉悦,
和工作的热情。

但我却不愿
看见你罩上忧愁的面纱——
因我不能到田间去了,
也不能在街上奔跑——
一切都沉默着,
望着阴郁的雨滴徘徊在我的窗前
我会联想到:死亡,战争,
和人间一切的不幸……

黎明啊,
要是你知道我曾对你
有比对自己的恋人

▽ 阅读导引

①结合下一节诗歌的内容,说说"纯真的微笑"有怎样的含义。

▽ 批注·心得

▽ **阅读导引**

①揭示了当时黑暗的现实，但也表明了诗人内心没有绝望，仍然充满着对黎明到来的无限渴望和向往之情。

②诗人渴望黎明的到来。黎明到底象征了什么呢？而"我"仅仅只是指诗人吗？

▽ **批注·心得**

更不敢拂逆和迫切的期待啊——

【当我在那些苦难的日子，
悠长的黑夜
把我抛弃在失眠的卧榻上时，
我只会可怜地凝视着东方，
用手按住温热的胸膛里的急迫的心跳
等待着你——
我永远以坚苦的耐心，
希望在铁黑的天与地之间
会裂出一丝白线——
纵使你像故意折磨我似的延迟着，
我永不会绝望，】①
却只以燃烧着痛苦的嘴
问向东方：
"黎明怎不到来？"

而当我看见了你②
披着火焰的外衣，
从天边来到阴暗的窗口时啊——
我像久已为饥渴哭泣得疲乏了的婴孩，
看见母亲为他解开裹住乳房的衣襟
泪眼迸出微笑，
心儿感激着，
我将带着呼唤
带着歌唱
投奔到你温煦的怀里。

一九三七年五月二十三日晨

死 地
——为川灾而作①

大地已死了！
——躺开着的那万顷的荒原
是它的尸体

它死在绝望里；
临终时
依然睁着枯干的眼
巴望天顶
落下一颗雨滴……

没有雨滴
甚至一颗也没有

看见的到处是：
像被火烧过的
焦黑的麦穗
与枯黄的麦秆
与龟裂了的土地

【那些麻雀呢？
那些曾用小眼
偷看着我们的田鼠呢？
一切都完了！】②

几千万的"地之子"，
从山坡到山坡，
从田原到田原，
寻找着，寻找着
一根草，一片树叶……

▽ 阅读导引

①这首诗歌不仅仅是"为川灾而作"，更是为全中国受苦受难的广大民众而作。川灾不仅仅是自然灾害，还是侵略者的铁蹄，这雪上加霜的灾难，促使着民族的觉醒。

②想一想，诗人在这里为什么写麻雀、田鼠，而不写人呢？

▽ 批注·心得

▽ 阅读导引

　　①寻找着却又找不到，反复出现，这苦难如此残忍、冷酷，摧残人性，诗人为什么还要描写苦难呢？

▽ 批注·心得

没有草
也没有树叶
——因为每一点绿色
必须有一滴露珠的润泽呀
给我们那些金黄的颗粒吧！
给我们那些
闪着收获者欣喜的汗珠的颗粒吧！

给我们雨滴吧——
让我们的妇女
再唱一次感恩的歌，
让我们
再饮一次酬神的酒吧！

向着天
千万人一齐地跪下

但是
没有雨滴！

几千万的"地之子"，
从山坡到山坡，
从田原到田原，
找不到草
找不到树叶①
疲乏地喘息着……

哪儿去了？
——那些每年背了征粮的袋子
来搜劫
我们留在坛里的
最后的谷粒到哪儿去了？

还有那些

在讨债时带走了
我们妻女的首饰的人呢^①?

村上不再有鸡犬的鸣叫
屋顶也不再冒出炊烟了
到处是男人的叹息
女人的咽泣
与孩童的哀号……

【于是他们——千万的"地之子"
伸出无数的手
像冬天的林木的枯枝般的手
向死亡的大地的心脏
挖掘食粮

可怜的"地之子"们啊
终于从泥土的滋味
尝到大地母亲蕴藏着的
千载的痛苦。

于是他们
相继地倒毙了!
——像草
像麦秆
在哑了的河畔
在僵硬了的田原。】^②

【而那些活着的
他们聚拢了——
像黑色的旋风
从古以来没有比这更大的旋风
卷起了黑色的沙土
在流着光之溶液的天幕下
他们旋舞着愤怒,

▽ **阅读导引**

　　①用质问的语气来诵读,读出震撼人心的力量。
　　②诗人对四川旱灾的惨境、旱灾对民众造成的苦难做了惊心动魄的描述。

▽ **批注·心得**

阅读导引

①诗人怀着期望，在这里清楚地点出：一场革命风暴就要来了，一场燎原之火就要烧起来了。

②诗人写这首诗，正是为了唤醒民众，快快燃起救亡之火，以拯救处于危险境地的中华民族。

③本诗中的土地象征了什么？若把诗歌分为两层，想一想该如何划分。

批注·心得

_____

_____

_____

_____

_____

_____

_____

_____

_____

_____

_____

_____

旋舞着疯狂……】①

从死亡的大地
到死亡的大地
你知道
那旋转着，旋转着的
旋风它渴望着什么呢？

我说
如有人点燃了那饥饿之火啊……②

一九三七年六月三十日

复活的土地③

腐朽的日子
早已沉到河底，
让流水冲洗得
快要不留痕迹了；

河岸上
春天的脚步所经过的地方，
到处是繁花与茂草；
而从那边的丛林里
也传出了
忠心于季节的百鸟之
高亢的歌唱。

播种者啊
是应该播种的时候了，
为了我们肯辛勤地劳作
大地将孕育
金色的颗粒。

就在此刻，
你——悲哀的诗人呀，
也应该拂去往日的忧郁，
让希望苏醒在你自己的
久久负伤着的心里：

因为，我们的曾经死了的大地，
在明朗的天空下
已复活了！
——苦难也已成为记忆，
在它温热的胸膛里
重新漩流着的
将是战斗者的血液。

一九三七年七月六日　沪杭路上[1]

他起来了①

他起来了——
从几十年的屈辱里
从敌人为他掘好的深坑旁边

他的额上淋着血
他的胸上也淋着血
但他却笑着
——他从来不曾如此地笑过

他笑着
两眼前望且闪光

▽ **阅读导引**

①本诗每一行每一节都庄严而凝重，犹如战斗中的列兵，直挺挺地站立着。在民族危难的时刻，真诚的诗人，无不努力、自觉地创作急切呼告的诗篇。

▽ **批注·心得**

[1] 这首诗被称为"预言诗"，发表的第二天，全面抗战就爆发了。诗人在诗中展示了自己对抗日充满必胜的信念。

像在寻找
那给他倒地的一击的敌人

【他起来了
他起来
将比一切兽类更勇猛
又比一切人类更聪明

因为他必须如此
因为他
　　必须从敌人的死亡
夺回来自己的生存】①

　　　　　　　一九三七年十月十二日　杭州

雪落在中国的土地上

【雪落在中国的土地上，
寒冷在封锁着中国呀……】②

风，
像一个太悲哀了的老妇，
紧紧地跟随着
伸出寒冷的指爪
拉扯着行人的衣襟，
用着像土地一样古老的话
一刻也不停地絮聒着……

那从林间出现的，
赶着马车的
你中国的农夫
戴着皮帽
冒着大雪

你要到哪儿去呢?

告诉你
我也是农人的后裔——
由于你们的
刻满了痛苦的皱纹的脸
我能如此深深地
知道了
生活在草原上的人们的
岁月的艰辛。

而我
也并不比你们快乐啊①
——躺在时间的河流上
苦难的浪涛
曾经几次把我吞没而又卷起——
流浪与监禁
已失去了我的青春的
最可贵的日子,
我的生命
也像你们的生命
一样的憔悴呀

【雪落在中国的土地上,
寒冷在封锁着中国呀……】②

沿着雪夜的河流,
一盏小油灯在徐缓地移行,
那破烂的乌篷船里
映着灯光,垂着头
坐着的是谁呀?

——啊,你
蓬发垢面的小妇,

▽ 阅读导引

　①在诗中诗人提到了自己,请诵读这几行表现诗人自己的诗句,想一想这样写有什么作用。

　②反复咏叹"雪落在中国的土地上,寒冷在封锁着中国呀……"它们有什么作用?

▽ 批注·心得

是不是
你的家
——那幸福与温暖的巢穴——
已被暴戾的敌人
烧毁了么?
是不是
也像这样的夜间,
失去了男人的保护,
在死亡的恐怖里
你已经受尽敌人刺刀的戏弄?

咳,就在如此寒冷的今夜,
无数的
我们的年老的母亲,
都蜷伏在不是自己的家里,
就像异邦人
不知明天的车轮
要滚上怎样的路程……
——而且
中国的路
是如此地崎岖,
是如此地泥泞呀。

雪落在中国的土地上,
寒冷在封锁着中国呀……

透过雪夜的草原
那些被烽火所啮啃着的地域,
无数的,土地的垦殖者
失去了他们所饲养的家畜
失去了他们肥沃的田地
拥挤在
生活的绝望的污巷里:
饥馑的大地

朝向阴暗的天
伸出乞援的
颤抖着的两臂。

【中国的苦痛与灾难
像这雪夜一样广阔而又漫长呀！
雪落在中国的土地上，
寒冷在封锁着中国呀……】①

【中国
我的在没有灯光的晚上
所写的无力的诗句
能给你些许的温暖么？】②

一九三七年十二月二十八日夜间

浮　桥

一只船并挨着一只船
两条粗粗的铁链
连住了无数的船
船上铺上了一层木板
从江的这一边
到江的那一边
浮桥浮搭在乡村和城市之间

【城市
以水门汀和钢骨
建筑成的连云的城堡
强烈地排列着
守卫着：贪欲，淫逸，荒唐③
又以金色的梦
和磷光的幻想
吸引了万人

▽ **阅读导引**

　①雪花在一般人看来轻盈而又美好，但在诗人笔下却格外寒冷。诗人笔下的雪象征中国所处的艰难环境。

　②诗的结尾流露了诗人怎样的情怀？

　③城堡一般用于抵挡外敌和守卫居民，为什么说浮桥一端的城堡却守卫着贪欲、淫逸、荒唐？

▽ **批注·心得**

向它呈献了劳动的血汗

乡村
站立在被风雨飘淋的原野上
那些颓废的墙堵
像穷人们的破衣
褴褛得失去了温暖
而那些屋檐
也被柴烟熏灼得
像穷人们的眼睛一样
储满了阴郁与困厄啊】①

浮桥
浮搭在奔流不息的江水上
从江的这一边到江的那一边
它以两条长长铁链
连住的无数的船
系住了财富与贫穷

农人们
在浮桥上走着
他们每天喘吁
挑了满箩辛劳的收货
等到黄昏回来时
只换得了几包纸包的什物②
——无言的失望与空虚啊

【城市
在傲慢地喧腾着——
它的那些屋檐
永远欢笑地迎着阳光
它的那错杂的金属的枝杆
发射着刺目的光芒
它的呼声与光彩

宣告着胜利与希望

而且它在继续

使乡村感到畏缩地

扩展着力量啊

乡村

已像老人似的衰颓了

它的外表灰白而无光

以冬季的田野

衬托了无比的荒凉

而它的那些房屋

也像是星散在山坡下的

枯草萋萋的荒冢

向苍穹披露着悲哀啊】①

【一只船并挨着一只船

两条粗粗的铁链

连住了无数的船

船上铺上了一层木板

从江的这一边

到江的那一边

浮桥浮搭在乡村和城市之间】②

一九三七年冬

手推车

在黄河流过的地域

在无数的枯干了的河底

手推车

以唯一的轮子

发出使阴暗的天穹痉挛的尖音③

穿过寒冷与静寂

从这一个山脚

到那一个山脚

▽ 阅读导引

　①写出了乡村与城市的不同，乡村"老人似的衰颓"，是落后的象征。城市有着它的活力，"它的呼声与光彩，宣告着胜利与希望"。乡村和城市是诗人笔下生命和社会的展现。

　②同开头，回环往复，将浮桥的危险和重要性刻画得淋漓尽致，诵读时请注意体会诗人精巧的构思。

　③围绕手推车的"尖音"进行艺术渲染，与后文北国人民的"悲哀"相呼应。

▽ 批注·心得

▽ **阅读导引**

　①如何理解"手推车"这一中心意象？诗人借"手推车"表达了什么情感？

　②紧扣手推车留下的"辙迹"进行铺陈，与北国人民的"悲哀"相交织。

　③排比句勾勒出了一幅渡河图。读这四句诗，我们仿佛置身于河面，渡船在水上出没，耳边是船工号子，壮阔、悲凉。

▽ **批注·心得**

彻响着
北国人民的悲哀

在冰雪凝冻的日子
在贫穷的小村与小村之间
手推车①
以单独的轮子
刻画在灰黄土层上的深深的辙迹②
穿过广阔与荒漠
从这一条路
到那一条路
交织着
北国人民的悲哀

一九三八年初

风陵渡

【风吹着黄土层上黄色的泥沙
风吹着黄河的污浊的水
风吹着无数的古旧的渡船
风吹着无数渡船上的古旧的布帆】③

黄色的泥沙
使我们看不见远方
黄河的水
激起险恶的浪
古旧的渡船
载着我们的命运
古旧的布帆
突破了风，要把我们
带到彼岸
风陵渡是险恶的

黄河的浪是险恶的①
听啊
那野性的叫喊
它没有一刻不想扯碎我们的渡船
和鲸吞我们的生命
而那潼关啊
潼关在黄河的彼岸
它庄严地
守卫着祖国的平安。②

一九三八年初　风陵渡

北　方

一天
那个科尔沁草原上的诗人[1]
对我说：
"北方是悲哀的。"

不错
北方是悲哀的。③
从塞外吹来的
沙漠风，
已卷去北方的生命的绿色
与时日的光辉
——一片暗淡的灰黄
蒙上一层揭不开的沙雾；
那天边疾奔而至的呼啸
带来了恐怖
疯狂地

▽ **阅读导引**

　①渡船在险恶的浪上颠簸，风一刻也不停地撕扯着布帆，生命被风浪掌控着。

　②潼关，就在对岸，那就是诗人的目标，他就是冲着它渡河的。因为，潼关"守卫着祖国的平安"。

　③端木蕻良和艾青说"北方是悲哀的"，除了指荒凉的大自然景象，还有更深的寓意。灰色阴郁的色调，是当时中国现实的一个缩影。

▽ **批注 · 心得**

---

[1]　"科尔沁草原上的诗人"指端木蕻良。

扫荡过大地；
荒漠的原野
冻结在十二月的寒风里，
村庄呀，山坡呀，河岸呀，
颓垣与荒冢呀
都披上了土色的忧郁……
孤单的行人，
上身俯前
用手遮住了脸颊，
在风沙里
困苦地呼吸
一步一步地
挣扎着前进……
几只驴子
——那有悲哀的眼
　　和疲乏的耳朵的畜生，
载负了土地的
痛苦的重压，
它们厌倦的脚步
徐缓地踏过
北国的
修长而又寂寞的道路……

【那些小河早已枯干了
河底也已画满了车辙，
北方的土地和人民
在渴求着
那滋润生命的流泉啊！
枯死的林木
与低矮的住房
稀疏地，阴郁地
散布在灰暗的天幕下；
天上，
看不见太阳，

只有那结成大队的雁群
惶乱的雁群
击着黑色的翅膀
叫出它们的不安与悲苦，
从这荒凉的地域逃亡
逃亡到
绿荫蔽天的南方去了……

北方是悲哀的
而万里的黄河
汹涌着混浊的波涛
给广大的北方
倾泻着灾难与不幸；
而年代的风霜
刻画着
广大的北方的
贫穷与饥饿啊。】^①

而我
——这来自南方的旅客，
却爱这悲哀的北国啊。
扑面的风沙
与入骨的冷气
决不曾使我咒诅；
我爱这悲哀的国土，
一片无垠的荒漠
也引起了我的崇敬
——我看见
我们的祖先
带领了羊群
吹着笳笛
沉浸在这大漠的黄昏里；
我们踏着的
古老的松软的黄土层里

▽ **阅读导引**

①在对北方冬景的描写中，呈现一片悲凉的景象，这些景象展现了冬季的严寒、肃杀，反映当时北方大地的真实情况，诗人将写实和象征自然地融合在了这些意象里。

▽ **批注·心得**

✍ **阅读导引**

①最末一小节直抒胸臆，"我爱这悲哀的国土"反复出现，渲染了诗人爱的深沉、浓烈。

②思考：诗人借"乞丐"这一形象，表达了怎样的情感？

▽ **批注·心得**

埋有我们祖先的骸骨啊，
——这土地是他们所开垦
几千年了
他们曾在这里
和带给他们以打击的自然相搏斗
他们为保卫土地，
从不曾屈辱过一次，
他们死了
把土地遗留给我们——
我爱这悲哀的国土，
它的广大而瘦瘠的土地
带给我们以淳朴的言语
与宽阔的姿态，
我相信这言语与姿态，
坚强地生活在大地上
永远不会灭亡；
我爱这悲哀的国土，[①]
　　古老的国土
——这国土
养育了为我所爱的
世界上最艰苦
与最古老的种族。

一九三八年二月四日　潼关

乞 丐[②]

在北方
乞丐徘徊在黄河的两岸
徘徊在铁道的两旁

在北方
乞丐用最使人厌烦的声音

呐喊着痛苦
说他们来自灾区
来自战地

饥饿是可怕的
它使年老的失去仁慈
年幼的学会憎恨

在北方
乞丐用固执的眼
凝视着你
看你在吃任何食物
和你用指甲剔牙齿的样子

在北方
乞丐伸着永不缩回的手[①]
乌黑的手
要求施舍一个铜子
向任何人
甚至那掏不出一个铜子的兵士

—一九三八年春　陇海道上

向太阳[1]

从远古的墓茔
从黑暗的年代
从人类死亡之流的那边
震惊沉睡的山脉

① 撷取乞丐"最使人厌烦的声音""固执的眼""永不缩回的手"三个画面，着力表现了乞丐的饥饿和内心的痛苦，从一个侧面表现了灾区、战地的面貌。

阅读导引

批注·心得

[1] 1938 年 4 月，艾青从战火蔓延的北方回到武汉，不久，他用激越的情感创作了这首长诗《向太阳》。可以说，《向太阳》是一首史诗，表现了有血有泪的颤动着的历史。本诗选入时略有删改。

若火轮飞旋于沙丘之上
太阳向我滚来……①
——引自旧作《太阳》

一　我起来

我起来——
像一只困倦的野兽
受过伤的野兽
从狼藉着败叶的林薮
从冰冷的岩石上
挣扎了好久
支撑着上身
睁开眼睛
向天边寻觅……

我——
是一个
从遥远的山地
从未经开垦的山地
到这几千万人
　　用他们的手劳作着
　　用他们的嘴呼嚷着
　　用他们的脚走着的城市来的
　　旅客，
【我的身上
酸痛的身上
深刻地留着
风雨的昨夜的
长途奔走的疲劳

但
我终于起来了
我打开窗
用囚犯第一次看见光明的眼

看见了黎明
——这真实的黎明啊】①

（远方
　似乎传来了群众的歌声）
　于是　我想到街上去

二　街上

早安呵
你站在十字街头
　　车辆过去时
　举着白袖子的手的警察
早安啊
你来自城外的
　挑着满箩绿色的菜贩
早安啊
你打扫着马路的
　穿着红色背心的清道夫
早安啊
你提了篮子，第一个到菜场去的
　棕色皮肤的年轻的主妇
我相信
昨夜
你们决不像我一样
　　被不停的风雨所追踪
　　被无止的恶梦所纠缠
你们都比我睡得好啊！②

三　昨天

昨天
我在世界上
用可怜的期望
喂养我的日子
像那些未亡人

▽ **阅读导引**

①这种交织着昨夜之伤痛和迎接黎明之欢欣的情绪，是为拯救民族危难而奔走抗争的赤子的心声。

②昨夜的"风雨"和"恶梦"还不可能忘却。这不能不让人想到，灾难重重的人生对诗人心灵的摧残是何等深重啊！

▽ **批注·心得**

▽ 阅读导引

　　①从视觉和听觉方面写出了国土上的创痛令诗人内心沉重。

▽ 批注·心得

披着麻缕
用可怜的回忆
喂养她们的日子一样

昨天
我把自己的国土
　　当作病院
——而我是患了难于医治的病的
【没有哪一天
我不是用迟滞的眼睛
看着这国土的
　　没有边际的凄惨的生命……
没有哪一天
我不是用呆钝的耳朵
听着这国土的
　　没有止息的痛苦的呻吟】①

昨天
我把自己关在
精神的牢房里
四面是灰色的高墙
没有声音
我沿着高墙
走着又走着
我的灵魂
不论白日和黑夜
永远地唱着
一曲人类命运的悲歌

昨天
我曾狂奔在
阴暗而低沉的天幕下的
没有太阳的原野
到山巅上去

伏倒在紫色的岩石上
流着温热的眼泪
哭泣我们的世纪

现在好了
一切都过去了

四　日出①

太阳向我滚来……
当它来时……
城市从远方
用电力与钢铁召唤它
——引自旧作《太阳》

太阳
从远处的高层建筑
——那些水门汀与钢铁所砌成的山
和那成百的烟囱
成千的电线杆子
成万的屋顶
所构成的
密丛的森林里
出来了……

在太平洋
在印度洋
在红海
在地中海
在我最初对世界怀着热望
而航行于无边蓝色的海水上的少年时代
我都曾看着美丽的日出②
但此刻
在我所呼吸的城市
喷发着煤油的气息

▽ 阅读导引

①日出意味着一个新的时代的诞生。
②日出唤起了诗人对少年时代旅程的回忆。

▽ 批注·心得

▽ 阅读导引

①为什么"比所有的日出更美丽"？

②诗人用浓重的彩笔为我们画了一轮正在升起、逐渐扩大光圈的有动态感的太阳，它不是一个静止的红色圆体，而是蕴含着无限启示的光辉的意象。

▽ 批注·心得

柏油的气息
混杂的气息的城市
敞开着金属的胴体
矿石的胴体
电火的胴体的城市
宽阔地
承受黎明的爱抚的城市
我看见日出
比所有的日出更美丽①

五　太阳之歌

是的
太阳比一切都美丽
……
比含露的花朵
比白雪
比蓝的海水
太阳是金红色的圆体
是发光的圆体
是在扩大着的圆体②

惠特曼
从太阳得到启示
用海洋一样开阔的胸襟
写出海洋一样开阔的诗篇

凡谷[1]
从太阳得到启示
用燃烧的笔
蘸着燃烧的颜色

---

[1] 现在通常译作"梵高"，荷兰著名印象派画家。《向日葵》是他的代表作之一。

画着农夫耕犁大地
画着向日葵

邓肯
从太阳得到启示
用崇高的姿态
披示给我们以自然的旋律

太阳
它更高了
它更亮了
它红得像血

太阳
它使我想起   法兰西   美利坚的革命
想起   博爱   平等   自由
想起   德谟克拉西
想起   《马赛曲》《国际歌》
想起   华盛顿   列宁   孙逸仙
　　　和一切把人类从苦难里拯救出来的
　　　人物的名字

是的
太阳是美的
且是永生的①

六　太阳照在②

初升的太阳
照在我们的头上
照在我们的久久地低垂着
　不曾抬起过的头上
太阳照着我们的城市和村庄
照着我们的久久地住着
　屈服在不正的权力下的城市和村庄

▽ 阅读导引

①诗人的心胸，完全袒露向现实的世界和人类理想的境界，为人间创造出一个以永生的太阳为理想的美好世界。

②第六部分中，诗人已完全超越了自身的一切痛苦的回忆，为我们展示出太阳照耀之下的曾经蠕动着痛苦灵魂的大自然的美好景象。

▽ 批注·心得

太阳照着我们的田野、河流和山峦
照着我们的从很久以来
　　到处都蠕动着痛苦的灵魂的
　　田野、河流和山峦……

今天
太阳的炫目的光芒
把我们从绝望的睡眠里刺醒了
也从那遮掩着无限痛苦的迷雾里
刺醒了我们的城市和村庄
也从那隐蔽着无边忧郁的烟雾里
刺醒了我们的田野，河流和山峦
我们仰起了沉重的头颅
从濡湿的地面
一致地
向高空呼嚷
　"看我们
我们
笑得像太阳！"

七　在太阳下①

　"看我们
我们
笑得像太阳！"

那边
一个伤兵
支撑着木制的拐杖
沿着长长的墙壁
跨着宽阔的步伐
太阳照在他的脸上
照在他纯朴地笑着的脸上
他一步一步地走着
他不知道我在远处看着他

当他的披着绣有红十字的灰色衣服的
　高大的身体
走近我的时候
这太阳下的真实的姿态
我觉得
比拿破仑的铜像更漂亮①
太阳照在
城市的上空

街上的人
这么多，这么多
他们并不曾向我打招呼
但我向他们走去
我看着每一个从我身边走过的人
对他们
我不再感到陌生

太阳照着他们的脸
照着他们的
　　　光洁的，年轻的脸
　　　发皱的，年老的脸
　　　红润的，少女的脸
　　　善良的，老妇的脸
和那一切的
　昨天还在惨愁着但今天却笑着的脸
他们都匆忙地
摆动着四肢
在太阳光下
来来去去地走着
　——好像他们被同一的意欲所驱使似的
他们含着微笑的脸
也好像在一致地说着
　"我们爱这日子
不是因为我们

▽ 阅读导引

①此处描写几个少女"背着募捐袋""唱着清新的歌",歌颂了少女们为抗战奔走呼号的热情。

▽ 批注·心得

　　看不见自己的苦难
不是因为我们
　　看不见饥饿与死亡
我们爱这日子
是因为这日子给我们
带来了灿烂的明天的
最可信的音讯。"

太阳光
闪烁在古旧的石桥上……
几个少女——
　那些幸福的象征啊
背着募捐袋
在石桥上
在太阳下
唱着清新的歌①
　"我们是天使
　健康而纯洁
　我们的爱人
　年轻而勇敢
　有的骑战马
　驰骋在旷野
　有的驾飞机
　飞翔在天空……"
（歌声中断了,她们在向行人募捐）
现在
她们又唱了
　"他们上战场
　奋勇杀敌人
　我们在后方
　慰劳与宣传
　一天胜利了
　欢聚在一堂……"
她们的歌声

是如此悠扬
太阳照着她们的
　骄傲地突起的胸脯
和袒露着的两臂
和发出尊严的光辉的前额
她们的歌
飘到桥的那边去了……

太阳的光
泛滥在街上

浴在太阳光里的
　街的那边
一群穿着被煤烟弄脏了衣服的工人
扛抬着一架机器
　——金属的棱角闪着白光
太阳照在
　他们流汗的脸上
当他们每一步前进时
他们发出缓慢而沉洪的呼声[①]
　"杭——唷
　杭——唷
　我们是工人
　工人最可怜
　贫穷中诞生
　劳动里成长
　一年忙到头
　为了吃与穿
　吃又吃不饱
　穿又穿不暖
　杭——唷
　杭——唷
　自从'八一三'
　敌人来进攻

▽ **阅读导引**

　①场景描写，体现了工人们为抗战胜利也作出了贡献。

▽ **批注·心得**

①此处描写了一群在
沐浴着阳光的广场上操演
的士兵，他们为了抗战抓
紧训练。

▽ 批注·心得

工厂被炸掉
东西被抢光
几千万工友
饥饿与流亡
我们在后方
要加紧劳动
为国家生产
为抗战流汗
一天胜利了
生活才饱暖
杭——唷
杭——唷……"
他们带着不止的杭唷声
转弯了……

太阳光
泛滥在旷场上
旷场上
成千的穿草黄色制服的士兵
在操演①
他们头上的钢盔
和枪上的刺刀
闪着白光
他们以严肃的静默
等待着
那及时的号令
现在
他们开步了
从那整齐的步伐声里
我听见
"一！二！三！四！
一！二！三！四！
我们是从田野来的

我们是从山村来的
我们生活在茅屋
我们呼吸在畜棚
我们耕犁着田地
田地是我们的生命
但今天
敌人来到我们的家乡
我们的茅屋被烧掉
我们的牲口被吃光
我们的父母被杀死
……

我们没有了镰刀与锄头
只有背上了子弹与枪炮
我们要用闪光的刺刀
抢回我们的田地
回到我们的家乡
消灭我们的敌人
敌人的脚踏到哪里
敌人的血流到哪里……①
……

一！二！三！四！
一！二！三！四
……"

这真是何等的奇遇啊……

八 今天②

今天
奔走在太阳的路上
我不再垂着头
　把手插在裤袋里了
嘴也不再吹那寂寞的口哨
不看天边的流云
不彷徨在人行道

▽ 阅读导引

①加点部分的短句表达有何作用？
②诗人的心灵由于日出及有声有色的跃动的生活场面，而向过去苦痛而寂寥的生活做最后告别。

▽ 批注·心得

今天
在太阳照着的人群当中
我决不专心寻觅
那些像我自己一样惨愁的脸孔了

今天
太阳吻着我昨夜流过泪的脸颊
吻着我被人世间的丑恶厌倦了的眼睛
吻着我为正义喊哑了声音的嘴唇
吻着我这未老先衰的①
啊！快要佝偻了的背脊

今天
我听见
太阳对我说
　"向我来
　　从今天
　　你应该快乐些啊……"

于是
被这新生的日子所蛊惑
我欢喜清晨郊外的军号的悠远的声音
我欢喜拥挤在忙乱的人丛里
我欢喜从街头敲打过去的锣鼓的声音
我欢喜马戏班的演技②
　当我看见了那些原始的，粗暴的，健康的运动
　我会深深地爱着它们
　——像我深深地爱着太阳一样

今天
我感谢太阳
太阳召回了我的童年了

九　我向太阳

我奔驰

依旧乘着热情的轮子

太阳在我的头上

用不能再比这更强烈的光芒

燃灼着我的肉体

由于它的热力的鼓舞

【我用嘶哑的声音

歌唱了：

"于是，我的心胸

　被火焰之手撕开

　陈腐的灵魂

　搁弃的河畔……"

这时候

我对我所看见　所听见

感到了从未有过的宽怀与热爱

我甚至想在这光明的际会中死去……】①

一九三八年四月　在武昌[1]

黄　昏②

【黄昏的林子是黑色而柔和的

林子里的池沼是闪着白光的

而使我沉溺地承受它的抚慰的风啊

一阵阵地带给我以田野的气息……】③

［1］诗人写《向太阳》这首诗时，武汉作为抗日战争的一个重镇，正掀起一场轰轰烈烈的"保卫大武汉"的群众性活动。诗人全身心地投入到了活动之中，心中的激情与创作欲求达到了燃烧的程度。漫长曲折的人生道路上奔波的疲累以及痛苦的回忆，苦难中执着不渝的追求，跟随诗人的热泪和激情，一并喷发而出。

▽ 阅读导引

①直抒胸臆，表明为了期盼已久的光明的到来，诗人甘愿献出自己的生命。

②这首诗中诗人用了虚实结合的抒情方式，体现了以点带面的巧思。

③第一节实写黄昏的林子及"我"的感受。

▽ 批注・心得

⊽ 阅读导引

　　①写"我"对故乡土地的深沉眷恋，是集中以"干草和畜粪之气息"困惑着"我"的心来写出的，点出这一"记忆"。
　　②"欢喜"一词可见诗人游览的心情。
　　③比喻，生动形象地写出雨来得快，消逝得疾。

⊽ 批注·心得

我永远是田野气息的爱好者啊……
无论我漂泊在哪里
当黄昏时走在田野上
那如此不可排遣地困惑着我的心的
是对于故乡路上的畜粪的气息
和村边的畜棚里的干草的气息的记忆啊……①

一九三八年七月十六日黄昏　武昌

秋日游

爱看晴朗的秋日的
云影走过的草原，
草原的低洼处
星散着白色的山羊，
它们各自啮啃着青草，
没有一个人去看管；
新筑的黄土公路沿着小溪
弯进了杂色的树林，
又出现在远方的
照着阳光的山坡上……
我们不是去访久别的朋友，
只因为这是初次走的路
在云影和阳光隐现的路上
徐缓地走着而感到单纯的欢喜②……
云团在空中腾涌着
从太阳光里却飘下雨滴，
雨，随着愈下愈大了，
但四方的原野
却仍在阳光里伸展着；
我们在一个山村旁边的
几棵大树的根上坐下躲雨。
雨却又像急速的行军转向北方去了……③
此刻留下的是润湿的凉气……

踏上闪着水光的石板路
走过新造的石桥
走过一个山岗
那大树林就以它的无边的荫影
迎接了我们——
这是一个由榉子树，樟树，松树
和各种不知名的树挤集成的树林啊……
当我们跨进了树林，
在草地上坐下时，
我们就惊乱了无数的白色的鹭鸶鸟——
它们拍着翅膀
嘴里发出鸣叫
在丛密的绿色中飞起——
它们大概是久久栖息在这里的隐世者①吧。

一九三八年八月初　衡山

斜 坡

金黄的太阳辐射到
远远的小山的斜坡上——
那斜坡刚才是被薄雾遮住的，
而现在，我们可以看见
它的红的泥土和浅绿的草所缀成的美丽的脉络
了……

我想②：斜坡的下面是有村庄的吧——
以光洁的岩石当晒场
也该有壮健的少妇卷上袖管
在铺晒着昨天刚收割的谷类吧；
而她的男人赤着上身挑着担
从那昏暗的小门口走出；
而她的孩子则坐在岩石的边上
在叫唤着她……

▽ 阅读导引
①用"隐世者"这个比喻，侧面表现了诗人对自由、惬意生活的向往。
②一个"我想"，由实到虚，写出自己想象中的村庄的情形。诗人为我们描绘了一幅怎样的画面？

▽ 批注·心得

▽ 阅读导引

　　①"看不见"照应"我想"，表明并非实际所见，由此可以看出诗人心中那份热烈的向往，对美好生活的憧憬。
　　②为什么是"用嘶哑的喉咙歌唱"呢？从中可以看出诗人怎样的情感？
　　③"这无止息地吹刮着的激怒的风"象征中华民族不屈不挠的反抗精神。
　　④一问一答，诗人由借"鸟"抒情转入直抒胸臆。一个省略号，似乎涌动着潜流地火般的激情，那炽热、真挚的爱国情怀，留下不尽的余韵。

▽ 批注·心得

_____

_____

_____

_____

_____

_____

_____

_____

_____

_____

_____

但这一切，从这里都是看不见[1]的啊——
一条长长的丛密的杂色的林木
已遮去了有丰富的图画的斜坡的下部。

一九三八年八月　衡山

我爱这土地

假如我是一只鸟，
我也应该用嘶哑的喉咙歌唱[2]：
这被暴风雨所打击着的土地，
这永远汹涌着我们的悲愤的河流，
这无止息地吹刮着的激怒的风，[3]
和那来自林间的无比温柔的黎明……
——然后我死了，
连羽毛也腐烂在土地里面。

【为什么我的眼里常含泪水？
因为我对这土地爱得深沉……】[4]

一九三八年十一月十七日

吊　楼[1]

在那些城市的边上
无数的吊楼
像一群乞丐
褴褛挨着褴褛
站立在河流的两旁

---

[1]　"吊楼"只是旧中国农村的一个"切口"而已，透过吊楼，读者可以窥见旧中国农村衰败、落后的面貌。

河流
河流是土地的客人
——它的行脚
从不停驻在一处
它有太渺茫的希望
它的希望是海洋
而吊楼
它们是宿命地
站立在河边
以黑色的窗户
当作蕴藏了无限忧郁的眼①
无论清晨、黄昏，
甚至在午夜
永远看着
从他们身边
叫喊过去的波浪

而波浪
波浪是如此匆忙
它出发它旅行
它鞭策着时间
跨越过所有的阻难
——它从吊楼面前过去
不给吊楼些许的安慰
和片刻的流连

而吊楼
吊楼是悲哀的
就在有太阳的日子
它们也只能像盲女般微笑着
而在雨天
它们就像寡妇般②
在河边低低地咽泣了

▽ 阅读导引

①"河流"与"吊楼"对比，写出了"吊楼"的宿命。而"蕴藏了无限忧郁的眼"的比喻，进一步加深了读者对"吊楼"的宿命的印象。

②"盲女"和"寡妇"两个比喻，写出了无论晴雨，"吊楼"皆是悲哀的。

▽ 批注·心得

吊楼的前面是浮桥
浮桥上是慌乱地来往的行人
从这边到那边
从那边到这边
他们以交织着的脚步
永远追赶着
生活的狂热的愿望

而吊楼
吊楼是颓败的
它只能用阴黑的固执的眼
看着兴腾的人群
同时又用无力的疑惧的眼①
看着光彩焕发的城市

而城市
城市在那边
以白日的人群的喧嚷
夸耀着热闹与繁荣
以黑夜的烛天的电光
放射着骄傲与奢侈

更以耸立着的钟楼
睥睨着吊楼的破烂
在那些城市的边上
无数的吊楼
像一群乞丐
褴褛挤着褴褛②
站立在河流的两旁

冬日的林子

我欢喜走过冬日的林子——

没有阳光的冬日的林子
干燥的风吹着的冬日的林子
天像要下雪的冬日的林子

没有色泽的冬日是可爱的
没有鸟的聒噪的冬日是可爱的^①
冬日的林子里一个人走着是幸福的
我将如猎者般轻悄地走过
而我决不想猎获什么……^②

一九三九年二月十五日

街^③

我曾在这条街上住过——
同住的全是被烽火所驱赶的人们：
女的怀着孕，男的病了，老人呛咳着
老妇在保育着婴孩……

每个日子都在慌乱里过去；
无数的人由卡车装送到这小城，
街上拥挤着难民，伤兵，失学的青年，
耳边浮过各种不同的方言；

街变了，战争使它一天天繁荣：
两旁摆满了各式各样的货摊，
豆腐店改为饭店，杂货铺变成旅馆，
我家对面的房子充作医院。

一天，成队黑翼遮满这小城的上空，
一阵轰响给这小城以痛苦的痉挛^④；
敌人撒下的毒火毁灭了街——
半个城市留下一片荒凉……

▽ 阅读导引

①写出了"冬日的林子"的环境气氛，用来衬托"我"单纯的心境。

②对于最后两行诗，你如何理解？

③此诗构思巧妙，以"街"为切入口，描摹了战争给人们带来的灾难以及人们的奋起抗争。结尾是现实的体现，也是一个民族希望的象征。

④试体会"黑翼""痛苦的痉挛"有何表达效果。

▽ 批注·心得

阅读导引

①少女的形象，让人心儿为之一震。人们行动起来了，积极投身于抗战的洪流。诗歌于沉闷、窒息中增添了一缕希望的曙光，鼓舞人心。

②从嗅觉和视觉两方面，极力渲染田地的肥沃、美丽。

③"从小""长大"从时间跨度上写出了土地给予我们的快乐以及对我们生命的滋养。

批注·心得

看：房子被揭去了屋盖，
墙和墙失去了连络，
井被塞满了瓦砾，
屋柱被烧成了焦炭。
人们都在悲痛中散光了，
（谁愿意知道他们到哪儿去？）
但是我却看见过一个，
那曾和我住在同院子的少女——

【她在另一条街上走过，
那么愉快地向我招呼……
——头发剪短了，绑了裹腿，
她已穿上草绿色的军装了！】①

一九三九年春　桂林

我们的田地

从什么时候起的，
我们爱这田地？
这田地是如此肥沃——
它发散着刺鼻的香气，
它的黑色是无光而柔和的。②
我们从小就以赤裸的脚
踩踩着它细软的泥土；
我们长大了，才知道③
就是它，以黑色的乳液
哺育了我们的生命……
【年年的春天，
我们用耕犁把它翻耕，
又用锄头把它锄碎，
分成了一排排整齐的田畦，
散下了一颗颗净洁的种子；

跟随着肥料的浇泼，
与雨露的滋润，
它吐出了一点一点的青苗；
接着太阳的暴晒
与溪流的灌溉，
它迅速地长遍了
秆与叶——这就是我们的喜悦啊！
到了夏天，
已是一片茂密的绿色
遮住了黑色的土壤；
一天一天地过去，
开花，结穗，金色的颗粒，
遍地闪烁着光彩……是秋天了！
我们以感激
迎接这收获的季节：
一颗果子，是一粒汗，
却也是一年劳力的慰安——
我们靠着它，
换得了一家的饱暖，
度过了严寒的冬天；
……我们怎能不爱
这丰饶而美丽的田地呢？】①

如今，无赖的暴徒
持着枪杆，从那边来了，
他们想凭着强悍
来抢夺我们的田地……
——告诉我：
如果我们失去了它，
我们怎能生活呢？②

一九三九年春　桂林

▽ 阅读导引

①以春、夏、秋、冬为序，极力铺陈"田地"的"丰饶而美丽"，为下文蓄势。
②试谈谈末尾反问句的表达作用。

▽ 批注·心得

◁ **阅读导引**

①写黎明还没有到来，吹号者最先被"惊醒"后的情形。

②"惊醒"这个词语出现了三次，加深了我们对"最先醒来"的吹号者被远方传来的黎明所乘的车轮声惊醒的印象。

▽ **批注·心得**

吹号者

好像曾经听到人家说过，吹号者的命运是悲苦的，当他用自己的呼吸摩擦了号角的铜皮使号角发出声响的时候，常常有细到看不见的血丝，随着号声飞出来……

吹号者的脸常常是苍黄的……

——①

在那些蜷卧在铺散着稻草的地面上的困倦的人群里，

在那些穿着灰布衣服的污秽的人群里，

他最先醒来——

他醒来显得如此突兀

每天都好像被惊醒似的，

是的，他是被惊醒的，

惊醒他的②

是黎明所乘的车辆的轮子

滚在天边的声音。

他睁开了眼睛，

在通宵不熄的微弱的灯光里

他看见了那挂在身边的号角，

他困惑地凝视着它

好像那些刚从睡眠中醒来

第一眼就看见自己心爱的恋人的人

一样欢喜——

在生活注定给他的日子当中

他不能不爱他的号角。

号角是美的——

它的通身

发着健康的光彩，

它的颈上

结着绯红的流苏。

吹号者从铺散着稻草的地面上起来了，

他不埋怨自己是睡在如此潮湿的泥地上，

他轻捷地绑好了裹腿，

他用冰冷的水洗过了脸，

他看着那些发出困乏的鼾声的同伴，

于是他伸手携去了他的号角；

门外依然是一片黝黑，

黎明没有到来，

那惊醒他的

是他自己对于黎明的

过于殷切的想望。①

他走上了山坡，

在那山坡上伫立了很久，

终于他看见这每天都显现的奇迹：

黑夜收敛起她那神秘的帷幔，

群星倦了，一颗颗地散去……

【黎明——这时间的新嫁娘啊

乘上有金色轮子的车辆

从天的那边到来……

我们的世界为了迎接她，

已在东方张挂了万丈的曙光……

看，

天地间在举行着最隆重的典礼……】②

二③

现在他开始了，

站在蓝得透明的天穹的下面，

他开始以原野给他的清新的呼吸

吹送到号角里去，

——也夹带着纤细的血丝么？

使号角由于感激

以清新的声响还给原野，

——他以对于丰美的黎明的倾慕

▽ **阅读导引**

　①写吹号者在队伍的最前面吹起了行进号。

▽ **批注·心得**

吹起了起身号，
那声响流荡得多么辽远啊……
世界上的一切，
充溢着欢愉
承受了这号角的召唤……

林子醒了
传出一阵阵鸟雀的喧吵，
河流醒了
召引着马群去饮水，
村野醒了
农妇匆忙地从堤岸上走过，
旷场醒了
穿着灰布衣服的人群
从披着晨曦的破屋中出来，
拥挤着又排列着……

于是，他离开了山坡，
又把自己消失到那
无数的灰色的行列中去。
他吹过了吃饭号，
又吹过了集合号，
而当太阳以轰响的光彩
辉煌了整个天穹的时候，
他以催促的热情
吹出了出发号。

三①

【那道路
是一直伸向永远没有止点的天边去的，
那道路
是以成万人的脚踩踏着
成千的车轮滚碾着的泥泞铺成的，
那道路

连结着一个村庄又连结一个村庄，
那道路
爬过了一个土坡又爬过一个土坡，】①
而现在
太阳给那道路镀上了黄金了，
而我们的吹号者
在阳光照着的长长的队伍的最前面，
以行进号
给前进着的步伐
做了优美的拍节……

四②

灰色的人群
散布在广阔的原野上，
今日的原野啊，
已用展向无限去的暗绿的苗草
给我们布置成庄严的祭坛③了：
听，震耳的巨响
响在天边，
我们呼吸着泥土与草混合着的香味，
却也呼吸着来自远方的烟火的气息，
我们蛰伏在战壕里，
沉默而严肃地期待着一个命令，
像临盆的产妇
痛楚地期待着一个婴儿的诞生，
我们的心胸
从来未曾有像今天这样充溢着爱情，
在时代安排给我们的
——也是自己预定给自己的
生命之终极的日子里，
我们没有一个不是以圣洁的意志
准备着获取在战斗中死去的光荣啊！

▽ **阅读导引**

　①排比，突出表现了战士们行进中的辛苦。
　②写队伍蛰伏于战壕，期待命令。
　③比喻，写出了战士的光荣，随时准备献出自己的生命。

▽ **批注·心得**

▽ 阅读导引

　　①写吹号者吹起了冲锋号以及最后献身的情形。
　　②"紧紧地握"，将悲壮的情感升华到了圣洁的境界。诗人用厚重的笔触为吹号者写下了一曲高昂的哀歌。

▽ 批注·心得

五①

于是，惨酷的战斗开始了——

无数千万的战士

在闪光的惊觉中跃出了战壕，

广大的，急剧的奔跑

威胁着敌人地向前移动……

在震撼天地的冲杀声里，

在决不回头的一致的步伐里，

在狂流般奔涌着的人群里，

在紧密的连续的爆炸声里，

我们的吹号者

以生命所给予他的鼓舞，

一面奔跑，一面吹出了那

短促的，急迫的，激昂的，

在死亡之前决不中止的冲锋号，

那声音高过了一切，

又比一切都美丽，

正当他由于一种不能闪避的启示

任情地吐出胜利的祝祷的时候，

他被一颗旋转过他的心胸的子弹打中了！

他寂然地倒下去

没有一个人曾看见他倒下去，

他倒在那直到最后一刻

　　都深深地爱着的土地上，

然而，他的手

却依然紧紧地握②着那号角。

在那号角滑溜的铜皮上，

映出了死者的血

和他的惨白的面容；

也映出了永远奔跑不完的

　　带着射击前进的人群，

　　和嘶鸣的马匹，

　　和隆隆的车辆……

而太阳，太阳
使那号角射出闪闪的光芒……

听啊，
那号角好像依然在响……

一九三九年三月末^[1]

他死在第二次^①

一　舁床

【等他醒来时
他已睡在舁床上
他知道自己还活着
两个弟兄抬着他
他们都不说话】^②

天气冻结在寒风里
云低沉而移动
风静默地摆动树梢
他们急速地
抬着舁床
穿过冬日的林子

经过了烧灼的痛楚
他的心现在已安静了
像刚经过了可怕的恶斗的战场
现在也已安静了一样

---

[1] 在战争年代里，号角和军旗是一个部队绝不可少的。号角总是充满生命的渴望与激情，并伴随着号声的节奏汇成不可阻挡的旋律。吹号者也总是挺立在高处，目光炯炯、全神贯注吹响号角，异常庄严。

阅读导引

①如哀歌一般的节奏，带着沉重的压力，使我们感到透不过气来，这是因为诗里弥漫着铺天盖地的战争的严酷气息。

批注·心得

然而他的血
从他的臂上渗透了绷纱布
依然一滴一滴地
淋滴在祖国的冬季的路上

就在当天晚上
朝向和他的舁床相反的方向
那比以前更大十倍的庄严的行列
以万人的脚步
擦去了他的血滴所留下的紫红的斑迹

二　医院

我们的枪哪儿去了呢
还有我们的涂满血渍的衣服呢
另外的弟兄戴上我们的钢盔
我们穿上了绣有红十字的棉衣
我们躺着又躺着
看着无数的被金属的溶液
和瓦斯的毒气所啮蚀过的肉体
【每个都以疑惧的深黑的眼
和连续不止的呻吟
迎送着无数的日子
像迎送着黑色棺材的行列
在我们这里
没有谁的痛苦
会比谁少些的
大家都以仅有的生命
为了抵挡敌人的进攻
迎接了酷烈的射击——
我们都曾把自己的血
流洒在我们所守卫的地方啊……】①
但今天，我们是躺着又躺着
人们说这是我们的光荣
我们却不要这样啊

我们躺着，心中怀念着战场
比怀念自己生长的村庄更亲切
我们依然欢喜在
烽火中奔驰前进呵
而我们，今天，我们
竟像一只被捆绑了的野兽①
呻吟在铁床上
——我们痛苦着，期待着
要到何时呢?

三　手②

每天在一定的时候到来
那女护士穿着白衣，戴着白帽
无言地走出去又走进来
解开负伤者的伤口的绷纱布
轻轻地扯去药水棉花
从伤口洗去发臭的脓与血
纤细的手指是那么轻巧
我们不会有这样的妻子
我们的姊妹也不是这样的
洗去了脓与血又把伤口包扎
那么轻巧，都用她的十个手指
都用她那纤细洁白的手指
在那十个手指的某一个上闪着金光
那金光晃动在我们的伤口
也晃动在我们的心的某个角落……
她走了仍是无言地
她无言地走了后我看着自己的一只手
这是曾经拿过锄头又举过枪的手
为劳作磨成笨拙而又粗糙的手
现在却无力地搁在胸前
长在负了伤的臂上的手啊
看着自己的手也看着她的手
想着又苦恼着，

▽ **阅读导引**

①比喻，写出了"他"在医院的无奈与煎熬的状态。

②运用心理描写，写出了士兵深知自己所肩负的使命。

▽ **批注·心得**

苦恼着又想着，

究竟是什么缘分啊

这两种手竟也被搁在一起？

四　愈合

时间在空虚里过去

他走出了医院

像一个囚犯走出了牢监①

身上也脱去笨重的棉衣

换上单薄的灰布制服

前襟依然绣着一个红色的十字

自由，阳光，世界已走到了春天

无数的人们在街上

使他感到陌生而又亲切啊

太阳强烈地照在街上

从长期的沉睡中惊醒的

生命，在光辉里跃动

人们匆忙地走过

只有他仍是如此困倦

谁都不曾看见他——

一个伤兵，今天他的创口

已愈合了，他欢喜

但他更严重地知道

这愈合所含有的更深的意义

只有此刻他才觉得

自己是一个兵士

一个兵士必须在战争中受伤

伤好了必须再去参加战争②

他想着又走着

步伐显得多么不自然啊

他的脸色很难看

人们走着，谁都不曾

看见他脸上的一片痛苦啊

只有太阳，从电杆顶上

伸下闪光的手指
抚慰着他的惨黄的脸
那在痛苦里微笑着的脸……

五　姿态

他披着有红十字的灰布衣服
让两襟摊开着，让两袖悬挂着
他走在夜的城市的宽直的大街上
他走在使他感到陶醉的城市的大街上
四周喧腾的声音，人群的声音
车辆的声音，喇叭和警笛的声音
在紧迫地拥挤着他，推动着他，刺激着他，
在那些平坦的人行道上
在那些炫目的电光下
在那些滑溜的柏油路上
在那些新式汽车的行列的旁边
在那些穿着艳服的女人面前
他显得多么褴褛啊
而他却似乎突然想把脚步放宽些
（因为他今天穿有光荣的袍子）
他觉得他是应该
以这样的姿态走在世界上的
也只有和他一样的人才应该
以这样的姿态走在世界上的
然而，当他觉得这样地走着
——昂着头，披着灰布的制服，跨着大步
感到人们的眼都在看着他的脚步时
他的浴在电光里的脸
却又羞愧地红起来了
为的是怕那些人
已猜到了他心中的秘密——
其实人家并不曾注意到他啊

▽ 批注·心得

▽ 阅读导引

①场景描写，表明这种美好就是伤员心中所期盼的场景。

▽ 批注·心得

六　田野

这是一个晴朗的日子
他向田野走去
像有什么向他招呼似的

今天，他的脚踏在
田堤的温软的泥土上
使他感到莫名的欢喜
他脱下鞋子
把脚浸到浅水沟里
又用手拍弄着流水
多久了——他生活在
由符号所支配的日子里
而他的未来的日子
也将由符号去支配
但今天，他必须在田野上
就算最后一次也罢
找寻那向他招呼的东西
那东西他自己也不晓得是什么
他看见了水田
他看见一个农夫
他看见了耕牛①
一切都一样啊
到处都一样啊
——人们说这是中国
树是绿了，地上长满了草
那些泥墙，更远的地方
那些瓦屋，人们走着
——他想起人们说这是中国
他走着，他走着
这是什么日子呀
他竟这样愚蠢而快乐
年节里也没有这样快乐呀
一切都在闪着光辉

到处都在闪着光辉

他向那正在忙碌的农夫笑

他自己也不晓得为什么笑

农夫也没有看见他的笑

七　一瞥①

沿着那伸展到城郊去的

林荫路，他在浓蓝的阴影里走着

避开刺眼的阳光，在阴暗里

他看见：那些马车，轻快地

滚过，里面坐着一些

穿得那么整齐的男女青年

从他们的嘴里飘出笑声

和使他不安的响亮的谈话

他走着，像一个衰惫的老人

慢慢地，他走近一个公园

在公园的进口的地方

在那大理石的拱门的脚旁

他看见：一个残了的兵士

他的心突然被一种感觉所惊醒

于是他想着：或许这残了的弟兄

比大家都更英勇，或许

他也曾愿自己葬身在战场

但现在，他必须躺着呻吟着

呻吟着又躺着

过他生命的残年

啊，谁能忍心看这样子

谁看了心中也要烧起了仇恨

让我们再去战争吧

让我们在战争中愉快地死去

却不要让我们只剩了一条腿回来

哭泣在众人的面前

伸着污秽的饥饿的手

求乞同情的施舍啊！

▽ 阅读导引

　①这一部分写士兵到城郊的所见，进一步激发了他宁愿葬身于战场的愿望。

▽ 批注·心得

八　递换

他脱去了那绣有红十字的灰布制服

又穿上了几个月之前的草绿色的军装

那军装的血渍到哪儿去了呢

而那被子弹穿破的地方也已经缝补过了

他穿着它，心中起了一阵激动

这激动比他初入伍时的更深沉

他好像觉得这军装和那有红十字的制服

有着一种永远拉不开的联系似的

他们将永远穿着它们，递换着它们

是的，递换着它们，这是应该的

一个兵士，在自己的

祖国解放的战争没有结束之前

这两种制服是他生命的旗帜①

这样的旗帜应该激剧地

飘动在被践踏的祖国的土地上……

九　欢送

以接连不断的爆竹声作为引导

以使整个街衢都激动的号角声作为引导

以挤集在长街两旁的群众的呼声作为引导②

让我们走在众人的愿望所铺成的道上吧

让我们走在从今日的世界到明日的世界的道上吧

让我们走在那每个未来者都将以感激来追忆的

　　道上吧

我们的胸膛高挺

我们的步伐齐整

我们在人群所砌成的短墙中间走过

我们在自信与骄傲的中间走过

我们的心除了光荣不再想起什么

我们除了追踪光荣不再想起什么

我们除了为追踪光荣而欣然赴死不再

　　想起什么……

十 一念

你曾否知道
死是什么东西？
——活着，死去，
虫与花草
也在生命的蜕变中蜕化着……
这里面，你所能想起的
是什么呢？
当兵，不错，
把生命交给了战争
死在河畔！
死在旷野！
冷露凝冻了我们的胸膛
尸体腐烂在野草丛里
多少年代了
人类用自己的生命
肥沃了土地
又用土地养育了
自己的生命
谁能逃避这自然的规律
——那么，我们为这而死
又有什么不应该呢？
背上了枪
摇摇摆摆地走在长长的行列中
你们的心不是也常常被那
比爱情更强烈的什么东西所苦恼吗？
当你们一天出发了，走向战场
你们不是也常常
觉得自己曾是生活着，
而现在却应该去死
——这死就为了
那无数的未来者
能比自己生活得幸福吗？
一切的光荣

▽ 阅读导引
　　①呼告手法的运用，激起斗志。

▽ 批注·心得

一切的歌赞
又有什么用呢？
假如我们不曾想起
我们是死在自己圣洁的志愿里？
——而这，竟也是如此不可违反的
民族的伟大的意志呢？

十一　挺进

挺进啊，勇敢啊
上起刺刀吧，兄弟们
把千万颗心紧束在
同一的意志里：
为祖国的解放而斗争呀！
什么东西值得我们害怕呢——
当我们已经知道为战斗而死是光荣的？
挺进啊，勇敢啊①
朝向炮火最浓密的地方
朝向喷射着子弹的堑壕
看，胆怯的敌人
已在我们驰奔直前的步伐声里颤抖了！
挺进啊，勇敢啊
屈辱与羞耻
是应该终结了——
我们要从敌人的手里
夺回祖国的命运
只有这神圣的战争
能带给我们自由与幸福……
挺进啊，勇敢啊
这光辉的日子
是我们所把握的！
我们的生命
必须在坚强不屈的斗争中
才能冲击奋发！
兄弟们，上起刺刀

勇敢啊，挺进啊！

十二　他倒下了

竟是那么迅速

不容许有片刻的考虑

和像电光般一闪的那惊问的时间

在燃烧着的子弹

第二次——也是最后一次啊——

穿过他的身体的时候

他的生命

曾经算是在世界上生活过的

终于像一株

被大斧所砍伐的树似的倒下了

在他把从那里可以看着世界的窗子

那此刻是蒙上喜悦的泪水的眼睛

永远关闭了之前的一瞬间

他不能想起什么

——母亲死了

又没有他曾亲昵过的女人

一切都这么简单

一个兵士

不晓得更多的东西

他只晓得①

他应该为这解放的战争而死

当他倒下了

他也只晓得

他所躺的是祖国的土地

——因为人们

那些比他懂得更多的人们

曾经如此告诉过他

不久，他的弟兄们

又去寻觅他

▽ **阅读导引**

　①"不晓得""只晓得"，用对比，写出了战士崇高的灵魂和无上的荣光——为人民而死，为国家而死。

▽ **批注·心得**

阅读导引

①用反问，写出了一
个士兵的生命价值、生命
意义，平凡却又伟大。

②此处"留白"，让
诗歌尽显张力。

批注·心得

——这该是生命之最后一次的访谒

但这一次
他们所带的不再是舁床
而是一把短柄的铁铲

也不曾经过选择
人们在他所守卫的
河岸不远的地方
挖掘了一条浅坑……

在那夹着春草的泥土
覆盖了他的尸体之后
他所遗留给世界的
是无数的星布在荒原上的
可怜的土堆中的一个
在那些土堆上
人们是从来不标出死者的名字的
——即使标出了
又有什么用呢？①

一九三九年春末

桥

当土地与土地被水分割了的时候，
当道路与道路被水截断了的时候，
智慧的人类伫立在水边：②
于是产生了桥。

苦于跋涉的人类，
应该感谢桥啊。

【桥是土地与土地的联系；

桥是河流与道路的爱情；

桥是船只与车辆点头致敬的驿站；

桥是乘船者与步行者挥手告别的地方。】①

一九三九年秋

秋

雾的季节来了——

无厌止的雨又徘徊在

收割后的田野上……

那里，翻耕过的田亩的泥黑

与遗落的谷粒所长出的新苗的绿色

缀成了广大，阴暗，多变化的平面；

而深秋的访问者——无厌止的雨

就徘徊②在它的上面……

人们都开始蛰伏到

那些浓黑的屋檐里去了；

只有两匹鬃毛已淋湿的褐色的马，③

慢慢地走向地平线

搜索着田野的最后的绿色……

一九三九年秋　湘南[1]

秋 晨

凉爽的早晨

太阳刚升起来的早晨

[1] 1939 年 9 月，艾青应邀来到湖南新宁。当诗人走下崎岖的山岭，来到新宁的郊野时，眼前呈现的是深秋的景象。他遂即兴写下了这首《秋》。

▷ **阅读导引**

　　①此处用"可怜"一词，表达了诗人对所见到的乡村景况的感慨。

　　②这一节借"小鸟"的眼睛来写看到的桂林景象。

　　③这里尽管"贫穷、污秽、灰暗"，但为什么"到处都一样的使我留恋"？请用艾青的一句诗来回答。

　　④着重从视觉方面写"没有比林间的低洼地更美的了"。

▷ **批注·心得**

可怜①的乡村的早晨

【一只白色眼圈的小鸟
站在低矮的房子的黑瓦上
像在想着什么似的
看着彩云满布的高空】②

秋天了
我来南方已一年了
此地没有热带的呼吸
看不见参天的椰子林
心里早已有难言的结郁

但今天，当我要离去时
我的心竟如此不安
——中国的乡村
虽然到处都一样贫穷、污秽、灰暗
但到处都一样的使我留恋③

　　　　　　　　一九三九年九月　在桂林乡间

低洼地

岩石砌上岩石砌上岩石砌成山
山下是杂色的树杂色的树排列成树林
林间是长长的长长的石板铺的路
石板铺的路通过石桥一直伸引到乡间……

没有比林间的低洼地更美的了
幽暗而静寂丰富而深邃野蛮而神秘
无数的枝杆张开了茂叶在百尺高的空中④
秋天早晨的阳光透过枝叶扯成碎片散在草地上……

没有比林间的低洼地更迷惑了
在草地的边上啮草的马也是幸福的
而当我在草地上走着时坐着时凝思着时
一阵阵地闻到了刚锯开的树木所发出的香气……①

没有比林间的低洼地更和谐了
站立在荫影里的临时的工场也是可爱的
而工人们——永远的勤劳者在勤劳着
林间充满了锯木的声音劈斧的声音钉板的声音……②

阳光洒下来洒下来洒在木堆上木板上
也洒在拉着锯举着斧推着刨的工人的身上
他们辛勤他们焦黑他们脸上闪着汗光
但他们沉默地没有怨言为了赶造难民居住的新房③

马在嘶鸣着人在劳动着铁与木的声音在响着
稀少的行人在石板铺的路上走着又走着
阳光在照着雾在蒸化着香气在喷发着
我在沉思着感激着终于深情地唱出了土地之歌……

一九三九年九月三日　桂林

怀临汾④

在北方的夜里
我曾迷惑于
那空阔的高爽的灰蓝的天空
而那天空是以
疏落的枣树的枝桠支撑着的

【 我们走上古城
看着土堡
平展在下面广大无边的原野

▽ **阅读导引**

①着重从嗅觉方面写"没有比林间的低洼地更迷惑了"。

②着重从听觉方面写"没有比林间的低洼地更和谐了"。

③"赶造难民居住的新房",劳动者的光荣在此处得以彰显。

④一个"怀"字,道出了两个意思:一是对临汾的留恋;一是战时作者颠沛流离生活的艰难。

▽ **批注·心得**

▽ **阅读导引**

　　①从这几句诗里，我们可以看出，他们的心情是沉重的。无论是走上古城或是俯瞰远处，伴随着他们的一直是战争大环境下的离情别绪。

　　②他们漠然地站在城楼上，沉重的感情进一步深化。战争是这样无情，离开临汾，谁知道还能否再见面呢。

　　③"驴子""破皮帽""抽着旱烟的农民"这一连串意象，都具有"北方"特色，显示着临汾小城的地域气息与时代氛围。

▽ **批注·心得**

我们的耳边
彻响着："战争！"】①

虽然是漠然②地谈起友朋的踪迹
——但死了和活着的
一样使我们亲切啊
而且我们又像那些
把人生看作浮萍的古人
慨然地接受
明天的离别

【回来，我们看见
月影下的驴子
和驴子旁边蹲着的
戴着破皮帽
抽着旱烟的农民】③

我们沉默地踏进荒废的园子
和空寂的庭阶……
忽然又听见
街上有长鞭驱策车轮隆隆地滚过……

◎ **点滴积累：**

仿照示例，用正楷字抄录下你喜欢的好词、金句或美段。

阅读卡片

分类：美段　　　　　　　　　　　　　　　　　　　　编号：1

　　　　　雪落在中国的土地上，
　　　　　寒冷在封锁着中国呀……

　　　　　风，
　　　　　像一个太悲哀了的老妇，
　　　　　紧紧地跟随着
　　　　　伸出寒冷的指爪
　　　　　拉扯着行人的衣襟，
　　　　　用着像土地一样古老的话
　　　　　一刻也不停地絮聒着……

　　积累理由：这里的"风"和"雪"既是对大自然景象的如实描写，又是对当时惨遭战乱的现实的艺术写照，不仅仅表现了自然界寒冷，更是对政治气候和民族命运的暗示，表达了深刻的思想内容，为诗篇后面倾诉心曲、抒发忧国忧民的深情作铺垫。

阅读卡片

分类：_____（好词、金句、美段）　　　　　编号：

_____

_____

　　积累理由：_____

_____

◎ **精读思考：**

1. 在《雪落在中国的土地上》一诗中处处浸透着"艾青式的忧郁"。艾青曾说，叫一个生活在这年代的忠实的灵魂不忧郁，这有如叫一个辗转在泥色的梦里的农夫不忧郁，是一样的属于天真的一种奢望。你在诗人的"忧郁"中读出了灰心与失望，还是感受到了深沉的力量？说一说你的理由。

2. 在《马赛》一诗中，诗人发挥了大胆的联想和想象，试找出一句并赏析。

四十年代

◎ 精读提示

一九三九年九月，艾青来到湖南新宁，这里独具天韵的自然景物给了诗人丰富的灵感和不竭的诗情，他在此一直生活到第二年五月。这期间诗人以新宁的风土人情、山川草木和一刹那的感受为描写对象写成了一系列诗歌。

随后诗人离开新宁，一路上以讴歌"太阳"、追求"黎明"为己任，在"土地"上高举"火把"，给大家发出"黎明的通知"。当诗人进入革命根据地之后，亲眼看到了在中国共产党领导下的农村一片欣欣向荣的景象，诗人的诗风一扫往日的忧郁悲哀，取而代之的是明快、朴素、乐观、开朗。

艾青四十年代的诗作可以说是真实全面地展现了当时中国的战争与和平、革命与救亡的斗争历史，以及中国人民思想感情的变化轨迹，诗人"忠于时代，献身于时代"，为时代唱着赞歌。

▽ 阅读导引

　①抓住景物特点，用白描手法写景。

▽ 批注·心得

第一部分

旷 野[1]

薄雾在迷蒙着旷野啊……

看不见远方——
看不见往日在晴空下的
天边的松林，
和在松林后面的
迎着阳光发闪的白垩岩了；
前面只隐现着
一条渐渐模糊的
灰黄而曲折的道路，
和道路两旁的
乌暗而枯干的田亩……

【田亩已荒芜了——
狼藉着犁翻了的土块，
与枯死的野草，
与杂在野草里的
腐烂了的禾根；
在广大的灰白里呈露出的
到处是一片土黄，暗赭，
与焦茶的颜色的混合啊……
——只有几畦萝卜，菜蔬
以披着白霜的
稀疏的绿色，】①
点缀着

---

[1] 1940 年 1 月，艾青来到新宁县城郊外的田野，举眼望去，荒凉冷寂，触发了诗人的心绪，于是一首描述农民苦难、鞭挞黑暗社会的《旷野》便问世了。

这平凡，单调，简陋
与卑微的田野。
那些池沼毗连着，
为了久旱
积水快要枯涸了；
不透明的白光里
弯曲着几条淡褐色的
不整齐的堤岸；
往日翠茂的
水草和荷叶
早已沉淀在水底了；
留下的一些
枯萎而弯曲的枝杆，
呆然站立在
从池面徐缓地升起的水蒸气里……

【山坡横陈在前面，
路转上了山坡，
并且随着它的起伏
而向下面的疏林隐没……
山坡上，
灰黄的道路的两旁，
感到阴暗而忧虑的
只是一些散乱的墓堆，
和快要被湮埋了的
黑色的石碑啊。】①

一切都这样
静止，寒冷，而显得寂寞……

灰黄而曲折的道路啊！
人们走着，走着，
向着不同的方向，
却好像永远被同一的影子引导着，

▽ 阅读导引
　①具体写了哪些旷野景象？为我们展开了一幅怎样的图画？

▽ 批注·心得

▽ **阅读导引**

　①注意描写冷色调的词语，领悟诗人内心深处的情感波动。

▽ **批注·心得**

结束在同一的命运里；
在无止的劳困与饥寒的前面
等待着的是灾难、疾病与死亡——
彷徨在旷野上的人们
谁曾有过快活呢？

然而
冬天的旷野
是我所亲切的——
在冷彻肌骨的寒霜上，
我走过那些不平的田塍[1]，
荒芜的池沼的边岸，
和褐色阴暗的山坡，
步伐是如此沉重，直至感到困厄
——像一头耕完了土地
带着倦怠归去的老牛一样……

而雾啊——
灰白而混浊①，
茫然而莫测，
它在我的前面
以一根比一根更暗淡的
电杆与电线，
向我展开了
无限的广阔与深邃……

你悲哀而旷达，
辛苦而又贫困的旷野啊……

没有什么声音，
一切都好像被雾窒息了；

---

[1] 田塍（chéng）：田埂。

只在那边
看不清的灌木丛里，
传出了一片
畏慑于严寒的
抖索着毛羽的
鸟雀的聒噪……

在那芦蒿和荆棘所编的篱围里
几间小屋挤聚着——
它们都一样地
以墙边柴木的凌乱，
与竹竿上垂挂的褴褛，
叹息着
徒然而无终止的勤劳；
又以凝霜的树皮盖的屋背上
无力地混合在雾里的炊烟，
描画了
不可逃避的贫穷……

人们在那些小屋里
过的是怎样惨淡的日子啊……
生活的阴影覆盖着他们……
那里好像永远没有白日似的，
他们和家畜呼吸在一起，
——他们的床榻也像畜棚啊；
而那些破烂的被絮，
就像一堆泥土一样的
灰暗而又坚硬啊……

而寒冷与饥饿，
愚蠢与迷信啊，
就在那些小屋里
强硬地盘踞着……

【农人从雾里

挑起篾箩走来，

篾箩里只有几束葱和蒜；

他的毡帽已破烂不堪了，

他的脸像他的衣服一样污秽，

他的冻裂了皮肤的手

插在腰束里，

他的赤着的脚

踏着凝霜的道路，

他无声地

带着扁担所发出的微响，

慢慢地

在蒙着雾的前面消失……】①

旷野啊——

你将永远忧虑而容忍

不平而又缄默吗？②

薄雾在迷蒙着旷野啊……

一九四〇年一月三日晨

冬天的池沼

冬天的池沼，

寂寞得像老人的心——

饱历了人世的辛酸的心；

冬天的池沼，

枯干得像老人的眼——

被劳苦磨失了光辉的眼；

冬天的池沼，

荒芜得像老人的发——③

像霜草般稀疏而又灰白的发；

冬天的池沼，
阴郁得像一个悲哀的老人
佝偻在阴郁的天幕下的老人。①

一九四〇年一月 十一日

树

【一棵树，一棵树
彼此孤立地兀立着
风与空气
告诉着它们的距离】②

【但是在泥土的覆盖下
它们的根伸长着
在看不见的深处
它们把根须纠缠在一起】③

一九四〇年春

解　冻[1]

多少日子被严寒窒息着；
多少残留的生命，
在凝固着的地层里
发出了微弱的喘吁……
今天，接受了这温暖的抚慰，
【一切冻结着的都苏醒了——
深山里的积雪呀，
溪涧里的冰层呀，

---

[1] 艾青的诗，往往受到大自然的启示。无论是对于社会的思考，还是对于人生、对于生命的思考，他都从大自然中获得灵感。很显然，《解冻》这首诗就是受到大自然的点拨而写成的。

▽ 阅读导引

①诗人面对冬天的池沼，有着怎样的心境？

②前四句写树的地上景观。在这朴素平易之中，有着一种"社会性"的概括力。

③后四句写树的地下景观。"但是"凸显巨大的力量，诗人是想让人们知道，别只看树在地面上孤立地兀立，还要看树在地下的根是"纠缠在一起"的。

▽ 批注·心得

▽ 阅读导引

①将大自然解冻的景象呈现在读者面前，诗人紧紧扣住解冻时的形态，非常具体地进行描述。

②解冻时地面上细微的变化，被诗句描绘出来了。

▽ 批注·心得

_____

_____

_____

_____

_____

_____

_____

_____

_____

_____

_____

在这久别的阳光下
融化着，解裂着……
到处都润湿了，
到处都淋着水柱；
在这晴朗的早晨，
每一滴水
都得到了光明的召唤，
欣欣地潜入低洼处，
转过阴暗的角落，
沿着山脚
向平野奔流……】①

平野摊开着，
被由山峰所投下的黑影遮蔽着；
乌暗的土地，
铺盖着灰白的寒霜，
地面上浮起了一层白气，
它在向上升华着，升华着，
直到和那从群山的杂乱的岩石间
浮移着的云团混合在一起……②
而太阳就从这些云团的缝隙
投下了金黄的光芒，
那些光芒不安定地
熠耀着平野边上的山峦，
和沿着山峦而曲折的江河。

于是
被从各处汇集拢来的水潮所冲激，
江水泛滥了——
它卷带着
从山顶崩下的雪堆，
和溪流里冲来的冰块，
互相拼击着，飘撞着，
发出碎裂的声音流荡着；

那些波涛
喧嚷着，拥挤着，
好像它们
满怀兴奋与喜悦
一边捶打着朽腐的堤岸，
一边倾泻过辽阔的平野，
难于阻拦地前进着，
经过那枯褐的树林，
带着可怕的洪响，
淘涌到那
闪烁着阳光的远方去了……

一九四〇年元月二十七日　湘南

愿春天早点来①

我走出用纸糊满窗格的房子
站立在阴暗的屋檐下
看着田野

黄色的路
从门前经过
一直伸到天边

畏缩这严寒
对于远方的旅行
我踌躇了

而且
池沼依然凝结着冰层
山上依然闪着残雪的白光

而且
天依然低沉

▽ **阅读导引**

　①诗中都写到了哪些关于冬的景象？有何作用？

▽ **批注·心得**

——明天恐怕还要下雪呢

于是，从我的心头
感到了
使我瑟缩的凉意

为了我的烦忧
我希望：
春天
它早点来

等路旁吐出一点绿芽时
我将穿上芒鞋
去寻觅温暖

一九四〇年元月

岩　壁

万丈高的岩壁
耸立在江边，
遮去了半个天幕……

岩壁耸立着——
年月从它的下面流过；
地壳震动所崩坍的裂痕，
粗壮地刻划在它的上面，
那层层叠叠的
倾斜的缝隙间，
垂挂着无数被水冲流成的
红土的金黄的颜色，
灰白的颜色，
和滴漏而成的石乳，

和茸绿的苔藓，
以及千万种的寄生植物……
而壁面，被风雨所浸蚀，
已染成了紫色的、褐色的、酱色的，
奇异而富丽的花斑，
在那些花斑间，
强韧地繁殖着
挣着挺劲的枝桠的
是盖满茂密的叶丛的树木，
【——无数以歌唱为生命的鸣禽，
栖息在那些葱郁的叶丛里；
在岩壁的巅顶
被着野草的红土丘上，
盘踞着一株有百尺高的树干的
青苍的古松；
而那永不倦怠的鹰啊，
张开了它暗黑的翅翼，
徐缓地翔飞在暗空与古松之间，
不时地向空阔掷下了
欢快的呼啸……】①

【万丈高的岩壁，
耸立在万里长的江边……】②

一九四〇年二月　夫夷江上

山　城

无论哪条街的尽头
都看到一片山。
暗绿的山，灰青色的山，
环住③这乌黑的，暗赭色的小城。

▽ **阅读导引**

①这一节写山城人的风貌，突出了山城贫困、穷苦、落后的面貌。

②于暗色调里让人看到了一抹亮色，可谓神韵之笔。

③与《冬天的池沼》截然不同的基调，让人感受到一种蓬勃的活力，生机盎然。

▽ **批注·心得**

街道是石子铺成的，
一头牛踏着沉重的脚步
从街上走过。
街旁摊排着：葱，蒜，地瓜，
和雪白而肥胖的萝卜。

太阳也懒得爬山——
每天中午，它才从
天顶上出现。
其他的时间，
从这里过去的是：
雨，雾，和突如其来的狂风。

【女人赤着脚缓慢地走过，
劳动的手像马铃薯一样垂着；
老人从木制的盒子里摸出烟草，
他们的手和脸像烟叶一样发皱而焦褐。】①

木板房也被柴烟
熏成焦茶色了。晚上
一个人从小巷出来，
黑暗里，松烛的火花
煊红了他诚朴的脸。②

　　　　　　一九四〇年二月十二日夜　湘南

青色的池沼③

青色的池沼，
长满了马鬃草；
透明的水底，
映着流动的白云……

平静而清澈……

像因时序而默想的
蓝衣少女，^①
坐在早晨的原野上。

【当心呵——
脚蹄撩动着薄雾
一匹栗红色的马
在向你跳跃来了……】^②

一九四〇年三月

▽ 阅读导引

①将池沼比作蓝衣少女，写出了池沼的静谧、美好。

②生动形象地写出了太阳照临的情状，给早晨的池沼涂抹了一层亮丽的色彩。

▽ 批注·心得

◎ 点滴积累：

仿照示例，用正楷字抄录下你喜欢的好词、金句或美段。

阅读卡片

分类：金句   编号：1

我起来——／……／挣扎了好久／支撑着上身／睁开眼睛／向天边寻觅／……／我的身上／酸痛的身上／深刻地留着／风雨的昨夜的／长途奔走的疲劳／……／我打开窗／用囚犯第一次看见光明的眼／看见了黎明／——这真实的黎明啊（《向太阳》）

积累理由：这些发自胸腔的声音，既朴素又带有象征色彩的语言，使读者从冷凝的情境中感触到历史的沉重。身体内残留的酸痛，挣扎好久才能站立起来，这些平常的感觉能引起读者许多联想和思考，使平实的诗句有很大张力。

阅读卡片

分类：_____ （好词、金句、美段）   编号：

_____

_____

积累理由：_____

_____

◎ 精读思考：

1.《冬天的池沼》这首诗仅仅是写池沼吗？抒发了诗人怎样的情感？

2.诗人曾说，《旷野》集所收诗二十首，均系他在西南山岳地带所作，或因远离烽火，闻不到"战斗的气息"，但他久久沉于莽原的粗犷与无羁，不自禁而有所歌唱，每一草一木亦寄以真诚，只希望这些歌唱里面，多少有一点"社会的"东西，不被理论家们指斥为"山林诗"就是他的万幸了。试以收入此集子的《树》为例，谈谈你的看法。

第二部分

山毛榉

春日的雷雨，
粗暴地摇撼着山毛榉；[①]
春日的雷雨，
摇撼着我的心啊！

【山毛榉，昂然举起了头，
在山野上飘起褐色的发，
感染了大地的爱与忧郁，
把根须攀缠住岩石与泥土；】[②]

【欢喜沉默的
阳光与雾的朋友，
偶尔借风的语言
向山野披示痛苦；
历尽了冰霜与淫雨，
山毛榉慨然等待着霹雳的打击，
和那残酷的斧斤所带来的
伐木丁丁的声音……】[③]

一九四〇年春

鸫[1]

不知你是站在屋背上呢
还是站在树枝上

[1] 鸫（dōng）：鸟，嘴细长而侧扁，翅膀长而平，善走，叫声好听。

▽ 阅读导引

①"山毛榉"既是诗歌的标题，又是意象，它象征着旧中国命运悲惨的劳苦大众。阅读全诗，思考：雷雨、冰霜、淫雨、霹雳、斧斤这些意象象征了什么？
②山毛榉面对"雷雨"粗暴的袭击，采取什么态度来应对？思考诗句表现了山毛榉的什么品质。
③这首诗写的是"山毛榉"，歌颂的却是饱经风霜仍坚忍不拔的农民，是对他们的精神和坚忍毅力的赞美。

▽ 批注·心得

▽ **阅读导引**

　　① "流滴"生动形象地写出歌声清脆流畅，如叮咚的泉水般悦耳动听。

　　②诗歌最后一节揭示了诗歌主旨，表达了诗人什么感情？

　　③思考诗人笔下的农夫是何形象。

▽ **批注·心得**

把我从沉睡中唤醒
你的歌声清新而委婉
圆润如花瓣上的新露
悦耳如情人的话语
给我这阴暗的房子
流注了草木的香气
和温柔如乳液的晨光
我从困倦中欣然起来
向窗外寻觅你的影子
你却飞走了……

而在邻家的屋背上
又听见了你的歌声
你又在用你纯真的歌声
永远流滴①着欢愉的歌声

【去唤醒每个沉睡的灵魂
——被无报偿的劳作
压倒在卧榻上的人们……】②

一九四〇年春　湘南

农　夫

你们是从土地里钻出来的吗？——③
脸是土地的颜色
身上发出土地的气息
手像木桩一样粗拙
两脚踏在土地里
像树根一样难于移动啊

你们阴郁如土地
不说话也像土地

你们的愚蠢，固执与不驯服
更像土地啊

你们活着开垦土地，耕犁土地，
死了带着痛苦埋在土地里
也只有你们
才能真正地爱着土地

一九四〇年四月

土　地

像一根带子连着一根带子，
无数田塍接连着田塍……
长的，短的，粗的，细的，
一根纽结着一根，
平平地展开在地壳凹凸的表面，
伸张成不规则的褐色的网——
不整齐的田亩与池沼毗连着
缀成了颜色斑驳的图案；①
紧随着季节与气候
以及困苦的手臂犁锄的操作
改变着每一片上面的颜色；
【人类沿着网走成了路，
一条路连着一条路，
每一条路都通到无限去——
用脚步所织成的线络，
把千万颗心都纽结在一起；】②
从这里到天边，
从天边到这里，
幸运与悲苦呀，
哭泣与欢笑呀，
互相感染着，互相牵引着……

▽ 阅读导引
　①诗人以笔墨描绘了土地的风姿和斑斓色彩。
　②诗人从土地想到了在它上面耕耘的人类，写出了土地与人类互相依存的关系。

▽ 批注·心得

而且以同一的触角，
感触着同一的灾难，
——青青的血液沿着脉络，
密密地络住了它们乌黑的肉；
它们躺在那里
何等伸张自如啊……
被同一的阳光披盖着，
被同一的爱情灌溉着，
被同一的勤劳供养着……

一九四〇年四月十一日　湘南

太　阳①

同我们距离得那么远
那么高高地在天的极顶
那么使我们渴求得流下了眼泪
那么使我们为朝向你而匍匐在地上
我们愿意为向你飞而折断了翅膀
我们甚至愿在你的烧灼中死去
我们活着在泥泞里像蚯蚓
永远翻动着泥土向上伸引
任何努力都是想早点离开阴湿
都是想从远处看见你的光焰
我们是蛾的同类要向你飞
我们甚至愿在你的烧灼中死去②
只要你能向我们说一句话
一句从未听见却又很熟识的话
只是为了那句话我们才活着
只要你会说：凡看见你的都将会幸福
只要勤劳的汗有报偿，盲者有光
只要我们不再看见恶者的骄傲，正直人的血
只要你会以均等的光给一切的生命

我们相信这话你一定会有一天要证实
因此我们还愿意活着在泥泞里像蚯蚓
因此我们每天起来擦去昨天的眼泪
等待你用温热的手指触到我们的眼皮

一九四〇年四月十一日　湘南

月　光

把轻轻的雾撒下来
把安谧的雾撒下来
在褐色的地上敷上白光
月明的夜是无比的温柔与宽阔的啊

给我①的灵魂以沐浴
我在寒冷的空气里走着
穿过那些石子铺的小巷
闻着田边腐草堆的气息

那些黑影是些小屋
困倦的人们都已安眠了
没有灯光　静静地
连鼾声也听不见

【我走过它们面前
温柔地浮起了一种想望
我想向一切的门走去
我想伸手扣开一切的门

我想俯嘴向那些沉睡者
说一句轻微的话不惊醒他们
像月光的雾一样流进他们的耳朵
说我此刻最了解而且欢喜他们每一个人】②

一九四〇年四月十五日夜

▽ 阅读导引

①诗先从写景开始，写雾，写月光，然后很自然地引出"我"及"我"走在小巷中的心情。写景是为了写"我"，写"我"又是为了写景，"我"和景融为一体，情景交融。

②诗的最后两节写出了"我"与这些安睡的普通百姓之间的关系。"我"爱他们，喜欢他们，唯恐惊动了他们。这说明诗人与百姓之间是血肉相连的关系。

▽ 批注・心得

灌木林①

三月的灌木林，
绵展在
一排黑色的瓦
和土黄的泥墙的矮屋的那边；
那茂密的树林的
茂密的枝干，
被去年冬季的风
飘尽了绿叶
又吹黑了树皮，
只剩下郁暗的一片；
当太阳还没有从山头出来
灌木林，茂密的灌木林
绵展在那
绵亘的大山的下面
显得多么安谧啊……

灌木林啊，
乌暗，浓郁，而又纤细，
从那些常绿树的暗绿的丛簇
伸出的无数光秃的枝干间
有鹰鸷的家筑在上面，
千百种鸣鸟的声音，
向静空播出了
一切繁杂的音响，
都在唤呼着那
此刻刚投射下来的阳光……②

水　鸟

【两只水鸟浮动在水边
乌篷船里发出了枪声

一只在惊怖中逃逸了
另一只挣扎在受伤的痛苦里
它的翅翼无力地拍着水面
又迷乱地飞了几圈
才慢慢地向上举起
终于朝江岸的岩石
与丛林间飞去……】①

此刻
它在岩石的隙缝间
用自己的嘴抚自己的创伤
在寂寞的哀鸣里
期待着伴侣的来临

一九四〇年　夫夷江上

初　夏

【初夏的晴空，
绮丽而净洁；
晴空下的江水，
明亮而柔滑。

一切都如此调协——
碧蓝的天与软白的云层下
排列着一行行的松林，
松林的空隙处
现露着反映着阳光的绵亘的远山。】②

褐色的渡船，
停歇在江边
人们从船里

▽ 阅读导引

①诗的第一节凝练地介绍了两只水鸟所处的环境，水鸟惊飞、受伤的原因，以及两只水鸟的不同遭遇：一只逃逸，一只受伤。

②诗的前两节用语简单朴素，诗人用绘画般的手笔，将晴空、江水、松林、远山的自然之美，表现得如此迷人。

▽ 批注 · 心得

搬出了褐色的油饼
江水戏逐着阳光
静静地流着……
从江边的树荫下
传出了勤劳的耕牛的
困倦的哞声……

又是播谷鸟
叫起人们勤奋的季节了:
那单调而诚挚的呼唤,
从林间流向静空
又徘徊在水田与水田之间……

燕子——轻快的翅翼之
矫健的飞翔;
爱在速度里沉醉的
自由的眷慕者
在江水与晴天的空阔里浮升……
高耸的堤岸上
庞然的樟树的遮覆下,
斧斤的声音①
铿锵地敲响了五月最初的日子,
那里,在木料与竹筒的狼藉间,
一些人正在忙碌着修理
那呆然僵立在江边的暗褐的水车,
——它的破烂了的轮子,
已从去年冬季起
久久地停止了转运。

一九四〇年

鞍鞯店[1]

鞍鞯店开在街边
出售人类的聪明①

【 "老板
我要一条鞭子"

"你自个儿拣：
这是打驴子的
这是打马的
那柄子短，皮条长的
是打骆驼的……" 】②

众多的样式啊
众多的花彩啊
——连鞭子都这样美丽
"那边是辔头，轭
那是嚼子——用来钳住马的牙齿
那是马蹄铁——保护马蹄走远路……"

还有缰绳
麻做的缰绳
棕做的缰绳
染色的缰绳

"那是铁镫——用来跨上马背
那是铜铃——给走沙漠的骆驼
那是护包——给载重的驴子，可怜的驴子"

还有马鞍

[1] 鞍鞯店，是专门出售驾驭畜类工具的商店。

▽ 阅读导引

①读完全诗，思考："聪明"还可用诗中的哪些词语替换？
②这首诗形式独特，中间内容以买卖双方对话的方式直接展开，生动形象，让读者仿佛亲眼所见，亲耳所闻。

▽ 批注·心得

▽ **阅读导引**

①诗中两次出现这两句诗,是为了揭露反动派的统治手段繁杂。

▽ **批注·心得**

_____

_____

_____

_____

_____

_____

_____

_____

_____

_____

_____

_____

_____

_____

牛皮的马鞍

红漆的马鞍

镶了白铜的马鞍

"这是染色的流苏

这是马尾鬃做的帚子

这是犀牛毛做的红缨

和这绣花的马鞯

——这一切

可以使畜生显得可爱……"

众多的样式啊

众多的花彩啊①

——没有一样不美丽

这一切都比魔术更虚伪

比宗教更狡猾

比杀戮更残忍

比法律更大胆啊

鞍鞯店开在街边

出售人类的聪明

一九四〇年

火 把[1]

一 邀

"唐尼 时候到了

快点吧"

_____

[1]《火把》的历史背景是 1940 年前后,抗日战争已进行了几年。本诗选入时略有删改。

"李茵
你坐下
我梳一梳头
换一换衣①
…………

你看我的头发
这么乱
　　我的梳子
　　哪儿去了？"②

"你的梳子
刚才我看见的
它夹在《静静的顿河》[1]里"
"啊　头发都打了结
以后我不再打篮球了
……今天下午
我沿着那小河回来
看见河边搁着
一个淹死了的伤兵
涨着肚子没有人去理会
……今天我一定要倒霉"

"唐尼　时候到了
快点吧"

"好　你别急
我换一换衣
——这制服又忘了烫
算了吧
反正在晚上

[1]《静静的顿河》：苏联作家肖洛霍夫所作长篇小说。

▽ 阅读导引

①诗歌通篇采用口语和对话的形式，读起来十分亲切，如临其境，如闻其声。

②唐尼是个怎样的青年？带着这个问题往下读。

▽ 批注·心得

……李茵
你看我又胖了
这衣服真太紧
差点儿要挣破
前年在汉口
我也穿了这制服
参加游行的"

"快点吧　时候到了
别再说话"

"李茵　你真急
我还要擦一擦脸
这油光真讨厌——"

"你跑那边去找什么?
找什么? 唐尼!
　　你的粉盒
　　　　压在《大众哲学》上
　　你的口红
　　　　躺在《论新阶段》一起。"

"李茵!"

"快点吧　唐尼
七点三刻了"

"好
我穿好鞋子马上跑
到八点集合
来得及
"我的鞋拔呢?"

"在你哥哥的照像[1]的旁边"

"啊　哥哥
假如你还活着
今晚上
你该多么快活！"

"唐尼
今晚上
你真美丽"

"李茵
你再说我不去了"

"你不去也好
留在家里可以睡觉"

"好了　走吧
妈　你来把门闩上
今晚上
我很迟才回来"

（一个老迈的声音从里面传出）

"尼尼　孩子
今晚上天很黑
别忘了带电筒" ①

"不要　妈
今晚上
我带火把回来"

[1] 照像：这里指照片。

▽ 阅读导引

　①母亲在诗中出现过两次，说过两句话，读完全诗，结合母亲第二次说话的内容，思考：母亲说"天很黑"，诗人想赋予这句话什么样的隐含意义？

▽ 批注·心得

▽ 阅读导引

　　①诗歌大量运用反复和排比，造成一种急迫的倾诉式的气势，让读者的情绪随作者的意识波动而波动，形成一种流动的美。

▽ 批注·心得

_____

_____

_____

_____

_____

_____

_____

_____

_____

_____

_____

_____

_____

_____

二　街上

"今夜的电灯好像

特别亮　你看那街上

这么多人　这么多人！

好像被什么旋风刮出来的

哪儿来的这么多人？

这城市　哪儿来的

这么多人？他们

都到哪儿去？啊　是的

他们也会参加火炬游行……

那些工人　那些女工

那些店员　那些学生

那些壮丁　那些士兵[①]

都来了　都来了

所有的人都来了

我们的校工也来了

我们的号兵也来了

那么多的旗　那么多的标语……

还有那些宣传画　那么大；

红的　白的　黄的　蓝的旗……

领袖们的肖像　被举在空中。

啊　看那边：还要多　还要多

他们跑起来了　都跑起来了，

有的赶不上了　落下了……

你看：那个黄脸的号兵

晃着号角气都喘不过来；

那些学生唱起歌来了：

　　起来

　　不愿做奴隶的人们……

他们跑得多么快啊

他们去远了　去远了……"

"唐尼　时间到了

我们到公共体育场去集合吧

我们赶快
从这小巷赶上去！"

三　会场

"她们都到了　她们都到了
赖英的头上打了一个丝结
她们都到了　大家都到了
何慧芳的眼镜在发亮
大家都到了　连那些小的也来了
刘桃芬　康素琴　李娟
啊　你们都来了　我们迟了
我们迟了　我们是从小巷赶来的
台上的煤气灯
照得这会场像白天
你这制服哪儿做的？
同你的身体很合适
我的是前年在汉口做的
太紧了　小得叫人闷气
今晚倒还凉
　　　　　毛英华
你的皮鞋擦得好亮①
　　　　啊
那么多工人　那么多　你们看
每只手像一个木榔头
脸上是煤灰　像从烟囱里出来的
他们都瞪着眼在看什么？他们
都张着嘴在等什么？他们
都一动不动的在想什么？他们
朝我们这边看了　朝我们这边看了
那些眼睛像在发怒地
像在发怒地看着我们
啊　我真怕他们那些眼睛
　　　　　　　这边
这边全是学生　全是

▽ 阅读导引

①面对海潮般的人群，唐尼感到新奇和振奋，可同时对学友们的"丝结、眼镜、皮鞋"很感兴趣，通过这些细节描写可以看出唐尼是一个既要求进步而又追赶时髦、喜爱打扮的女青年。

▽ 批注·心得

那个胖家伙跌了跤了
你们看：写信给彭菲灵的
就是他
　　　　写信给邓健的
也是他
　　　听说他的体重有两百零五磅
　　　　　　　　　　　真可怕
这是什么学校的
蠢样子　个个都那么呆
那个打旗的像要哭出来
他们乱了　前面的踏着后面的脚
我们退后面一点　排好
　　　　　　　　李茵哪儿去了？
你看见李茵在哪里？
啊　看见了
　　　　　　她和那抗宣队的在一起
为什么脸上显得那么忧愁
她又笑了　她来了……

"李茵来！
　　　我和你一起！

"他们也来了　他也来了
他为什么低着头　像在想着什么？
他也想什么？　那么困苦地想什么？
他抬起头了　他在找……
他看见了　但他又把头低下去
他为什么低着头　像在想着什么？

"李茵　你在这里等一下
我去看看他

"克明　我和你说几句话
克明　你好吗？"

"我很好——
你有什么话
请快点说吧"

"我不是要来和你吵架
我问你：
我写了三封信给你　你为什么不理？"　①

"唐尼　这几天
我正在忙着筹备今夜的大会
而且你的信
只说你有点头痛
只说讨厌这天气
对于这些事我有什么办法呢
而且我已不止劝过你一次……"

"而且
你正忙于交际呢！"

"什么意思？"

"这只有你自己最清楚。"
　　（人们在她和他之间走过
　　　又用眼睛看看他们的脸）

"明天再好好谈吧
或者——我写一封长信给你
播音筒已在向台前说话"
　　（一个声音在空气中震动）
"开会！"

▽ 阅读导引
　　①唐尼来参加这场游行，一是因为好奇，二是想在大会上寻找恋人克明。

▽ 批注・心得

▽ 阅读导引

①演说者的声音、动作、眼神以及有煽动性的如暴风雨的语言,有声有色,如烈焰般灼烧这夜的世界。

▽ 批注·心得

四　演说

煤油灯从台上

发光　演说的人站在台上

向千万只耳朵发出宣言。

【他的嘴张开　声音从那里出来

他的手举起　又握成拳头

他的拳头猛烈地向下一击

嘴里的两个字一齐落下:"打倒!"

他的眼睛在灯光下闪烁

像在搜索他所模拟的敌人

他的声音慢慢提高】①

他的感情慢慢激昂

他的心像旷场一样阔宽

他的话像灯光一样发亮

无数的人群站在他的前面

无数的耳朵捕捉他的语言

这是钢的语言　矿石的语言

或许不是语言　是一个

铁锤拼打在铁砧上

也或许是一架发动机

在那儿震响　那声音的波动

在旷场的四周回荡

在这城市的夜空里回荡

这是电的照耀

这是火的煽动

这是煽起火焰的狂风

这是暴怒了的火焰

这是一种太沉重的捶击

每一下都捶在我们的心上

这是一阵雷从空中坠下

这是一阵暴风雨

吹刮过我们所站的旷场
这是一种可怕的预言
这是一种要把世界劈成两半的宣言
这是一种使旧世界流泪忏悔的力量

这不是语言　这是
一架发动机在鸣响
这是一个铁锤击落在铁砧上
这是矿石的声音
这是钢铁的声音
这声音像飓风
它要煽起使黑夜发抖的叛乱
听啊　这悠久而沉洪
喧闹而火烈的
群众的欢呼鼓掌的浪潮……

五　"给我一个火把"

火把从那里出来了
火把一个一个地出来了
数不清的火把从那边来了
美丽的火把
耀眼的火把
热情的火把
金色的火把
炽烈的火把[①]
人们的脸在火光里
显得多么可爱
在这样的火光里
没有一个人的脸不是美丽的
火把愈来愈多了
愈来愈多了　愈来愈多了
火把已排成发光的队伍了
火把已流成红光的河流了
火光已射到我们这里来了

火光已射到我们的脸上了
你们的脸在火光里真美
你们的眼在火光里真亮
你们看我呀我一定也很美
我的眼一定也射出光彩
因为我的血流得很急
因为我的心里充满了欢喜
让我们跟着队伍走去
跟着队伍到那边去
到那火把出来的地方去
到那喷出火光的地方去
快些去　快些去　快去
去要一个火把……
　"给我一个火把！"
　"给我一个火把！"
　"给我一个火把！"
你们看
我这火把
亮得灼眼啊……

【这是火的世界……
这是光的世界……】①

六　火的出发

"火把的烈焰
赶走了黑夜"

把火把举起来
把火把举起来
把火把举起来
每个人都举起火把来
一个火把接着一个火把
无数的火把跟着火把走

慢慢地走整齐地走

一个紧随着一个

每个都把火把

举在自己的前面

让火光照亮我们的脸

照亮我们的

   昨天是愁苦着

   今天却狂喜着的脸

照亮我们的

   每一个严肃的脸

照亮我们的

   昂起着的胸部

   ——那里面激荡着憎与爱的

   血液

照亮我们的脚

   即使脚踝流着血

   也不停止前进的脚

让我们火把的光

照亮我们全体

    没有任何的障碍

    可以阻拦我们前进的全体

照亮我们这城市

和它的淌流过正直人的血的街

照亮我们的街

和它的两旁被炸弹所摧倒的房屋

照亮我们的房屋

和它的崩坍了的墙

和狼藉着的瓦砾堆

让我们的火把

照亮我们的群众

挤在街旁的数不清的群众

挤在屋檐下的群众

站满了广场的群众

▽ **阅读导引**

①在火把的照耀下，一切黑暗、腐朽的东西都无所遁形。

②无边的黑夜中，亮起来的火把烈焰好像是在把黑夜一块一块摇坍下来。

▽ **批注·心得**

让男的　女的　老的　小的
都以笑着的脸
迎接我们的火把
让我们的火把
叫出所有的人
叫他们到街上来
让今夜
这城市没有一个人留在家里

让所有的人
都来加入我们这火的队伍

让卑怯的灵魂
腐朽的灵魂
发抖在我们火把的前面

让我们的火把
照出懦弱的脸
畏缩的脸

在我们火光的监视下
让犹大抬不起头来①

让我们每个都成为帕罗美修斯[1]
从天上取了火逃向人间
让我们的火把的烈焰

【把黑夜摇坍下来
把高高的黑夜摇坍下来
把黑夜一块一块地摇坍下来】②

---

[1] 帕罗美修斯：现译为"普罗米修斯"。

把火把①举起来
把火把举起来
把火把举起来
每个人都举起火把来

七　宣传卡车

那被绳子牵着的
是汉奸

那穿着长袍马褂
戴着瓜皮帽的
是操纵物价的奸商
那脸上涂了白粉
眉眼下垂　弯着红嘴的
是汪精卫
……

那个鼻子下有一撮小胡子的
日本军官
搂着一个
中国农夫的女人
那个女人
像一头被捉住的母羊似的叫着又挣扎着
那军官的嘴
像饿了的狗看见了肉骨头似的
张开着
那个女人
伸出手给那军官一个巴掌
那个汪精卫
拉上了袖子
用手指指着那女人的鼻子
骂了几句

▽ **阅读导引**

①诗中的火把象征了什么？游行队伍表现了什么？表达了诗人什么样的感情？

▽ **批注·心得**

▽ **阅读导引**

①对汪精卫丑陋形象的刻画，表现出人们对投敌卖国汉奸的深恶痛绝。

②诗人对胜利的到来充满了信心。

▽ **批注·心得**

那个汪精卫
　　　在那军官的前面跪下了①
…………
四个中国兵　走拢来　走拢来
用枪瞄准他们
瞄准那个日本军官　瞄准奸商　汉奸
　瞄准汪精卫
和四个兵一起的
　　　　是工人　农人　学生
他们一齐拥上去
　　　　把那些东西扭打在地上
连那个女人都伸出了拳头
那个农夫又给那个跪着求饶的汪精卫猛烈的一脚
那个学生向着街旁的群众举起了播音筒
　"各位亲爱的同胞！……
敌人愈打愈弱　我们愈打愈强
只要大家能坚持抗战！坚持团结！
反对妥协　肃清汉奸
动员民众　武装民众
最后的胜利一定属于我们！"②

八　队伍

这队伍多么长啊　多么长
好像把这城市的所有的人都排列在里面
不　好像还要多　还要多
好像四面八方的人都已从远处赶来
好像云南　贵州　热河　察哈尔的都已赶来
好像东三省　蒙古　新疆　绥远的都已赶来
好像他们都约好今夜在这街上聚会
一起来排成队　看排起来有多么长
一起来呼喊　看叫起来有多么响
我们整齐地走着　整齐地喊
每一个火把　举在自己的前面

融融的火光啊　一直冲到天上
把全世界的仇恨都燃烧起来
我们是火的队伍
我们是光的队伍

软弱的滚开　卑怯的滚开
让出路　让我们中国人走来
昏睡的滚开　打呵欠的滚开
当心我们的脚踏上你们的背
滚开去——垂死者　苍白者
当心你们的耳膜　不要让它们震破
我们来了　举着火把 高呼着
用霹雳的巨响　惊醒沉睡的世界

我们是火的队伍
我们是光的队伍

人愈走愈多　队伍愈排愈长
声音愈叫愈响　火把愈烧愈亮
我们的脚踏过了每一条街每一条巷
我们用火光搜索黑暗
把阴影驱赶
卫护我们前进

我们是火的队伍
我们是光的队伍

这队伍多么长啊　多么长[①]
好像全中国的人都已排列在里面
我们走过了一条街又一条街
我们叫喊一阵又歌唱一阵
我们的声音和火光惊醒了一切
黑夜从这里逃遁了

▽ 阅读导引
　①通过对"火把"和"队伍"的描写，充分表现了气壮山河的爱国力量。

▽ 批注·心得

▽ **阅读导引**

①群众的行动所发挥出来的力量是不可抗拒、震撼人心的。

②艾青的诗歌不拘泥于形式，但读起来却自然流畅，具有音乐美。《来》这一部分通过简短有力、自由灵活的句式，始终围绕一个"来"字，铺陈排比，内在节奏自然流畅。

▽ **批注·心得**

哭泣在遥远的荒原①

九　来

你们都来吧
你们都来参加
不论站在街旁
还是站在屋檐下

你们都来吧
你们都来参加
女人们也来
抱着小孩的也来②

大家一起来
一起来参加
来喊口号　来游行
来举起火把

来喊口号　来游行
来举起融融的火把
把我们的愤怒叫出来
把我们的仇恨烧起来

十　散队

我们已走遍了这城市的东南西北
我们已走遍了这城市的大街小巷

"李茵　我们已到这么远的地方。
现在我们得回去　队伍散了……
但是　你看　那些人仍旧在呼唱
他们都已在兴奋里变得癫狂
每个人都激动了　全身的血在沸腾
李茵　刚才火把照着你狂叫着的嘴

我真害怕　好像这世界马上要爆开似的
好像一切都将摧毁　连摧毁者自己也摧毁"

"唐尼　你看见的吗　我真激动
好像全身的郁气都借这呼叫舒出了

"唐尼　你的脸　也很异样
告诉我　唐尼
当那洪流般的火把摆荡的时候
你曾想起了什么? 看见了什么? "

"李茵　那真是一种奇迹——
当我看见那火把的洪流摆荡的时候
的确曾想起了一种东西
看见了一种东西
一种完全新的东西[①]
我所陌生的东西……"

十一　他不在家

"真的　李茵
你见到克明吗
在那些走在前面的队伍里
你见到克明吗
那些学生没有一刻是安静的
他们把口号叫得那么响
又把火把举得那么高
他们每个都那么高大　那么粗野
好像要把这长街
当做他们的运动场
火把照出他们的汗光
我真怕他们
他们好像已沿着这城墙走远……
但是　李茵

阅读导引

①民主的洪流,人民的团结力量,抗战的斗志,火把队伍所暗示出的光明前景,使唐尼感到自己个人小天地之外还有一个值得全身心投入的广阔天地。

批注·心得

▽ 阅读导引
　①唐尼急切盼望与恋人相见的复杂心情。

▽ 批注·心得

当队伍散开的时候
你见到克明吗"

"他一定从那石桥回去了
这里离他住的地方
不是只要转一个弯么
我陪你去看他"

一〇三
一〇五
一〇七号——到了

"打门吧
（TA！ TA！ TA！）
他不在家"

十二　一个声音在心里响

"你在哪里？你在哪里？
这么大的地方哪儿去找你呢？
这么多的人怎能看到你呢？
这么杂乱的声音怎能叫你呢？

"我举着火把来找你
你在哪里？你在哪里？①
今夜多么美　你在哪里？
你在哪里？我的脸发烫
我的心发抖　你在哪里？

"我举着火把来找你
你在哪里？你在哪里？
这么多人没有一个是你
这么多火把过去都没有你

这么多火光照着的脸都不是你

"我举着火把来找你
我要看见你！我要看见你！
我要在火光里看见你……
我要用手指抚摸你的脸　你的发
我的这手指不能抚摸你一次吗？

"我举着火把来找你
无论如何　我要看见你啊
我要见你　听你一句话
只一句话："爱与不爱"
你在哪里？你在哪里？"

十三　那是谁

"唐尼　他来了
从十字街口那边转弯
来了。克明来了
你看　前额上闪着汗光
他举着火把走来了……"

"那是谁？那是谁？
和他一起走来的
那是谁？那穿了草绿色的裙装的
女子是谁？那头发短得像马鬃的
女子是谁？那大声地说着话的
又大声地笑着的女子是谁？
那走路时摇摆着身体的
女子是谁？那高高的挺起胸部的
女子是谁？

"她在做什么？做什么？

她指手画脚地在做什么？

她在说什么？说什么？

她在和他大声地说着什么？

她在说什么，还是在辩论什么？

你听　她在说什么？那么响：

'目前——我们的

工作——开展……

主观上的弱点——

正在克服……

目前——我们

激烈地批判——

残留着的

小资产阶级的

劣根性……

以及——妨碍工作的

恋爱……

受到了无情的

打击！

目前——我们的

工作——开展……'

他们走近来了……

他们走近来了……李茵——

我们——"

"唐尼　让我

向他们打招呼……"

"不要！

李茵　我头昏

我们从这小巷回去吧"

今夜　你们知道

谁的火把

最先熄灭了^①
又从那无力的手中
滑下?

十四　劝(一)^②

"唐尼　我在火光里
看见了你的眼泪
唐尼　这样的夜
你不感到兴奋吗　唐尼
唐尼　你不应该
在大家都笑着的时候哭泣
唐尼　爱情并不能医治我们
却只有斗争才把我们救起　唐尼
你应该记起你的哥哥
才五六年　你应该能够记起

"唐尼　不要太渴求幸福
当大家都痛苦的时候
个人的幸福是一种耻辱　唐尼
唐尼　只要我们眼睛一睁开
就看见血肉模糊的一团……
假如你还有热情　还有人性
你难道忍心一个人去享乐?
我们有太多的事情要做
你怎么应该哭　唐尼
你要尊敬你的哥哥
为了他而敛起眼泪
唐尼　你是他的妹妹
如你都忘了他
谁还能记得他呢
唐尼　坐下来
在这河边坐下来
让我好好和你说……"

▽ 阅读导引

①唐尼看到克明正和另一个少女一边走一边热烈地谈抗日宣传工作,她明知是正常的,却还是产生了忌妒。于是个人的感情生活又占了上风,她的火把"最先熄灭了"。

②第十四到第十七部分,是写李茵对唐尼的"劝",对时代和个人关系的分析,以她个人经历作现身说法的教育,终于使唐尼醒悟过来,作了"忏悔"。

▽ 批注·心得

"李茵
请把你的火把
吹熄吧"

"好的——
我有火柴
随时可以点着它"

"这样
倒舒服些……"

十五　劝（二）

"唐尼　现在让我告诉你
我也是哭泣过的　两年前
我曾爱过一个军官
我们一起过了美满的一个月
但他却把我又抛掉了
我曾哭过一个星期
你知道　我是一个人
从沦陷了的家乡跑出来的

　　　（几个人举着火把
　　　从她们前面过去……）

"认识我的人们
在我幸福时
他们妒忌我
在我不幸时
他们嘲笑我
假如我没有勇气抵抗那些
冷酷的眼和恶毒的嘴
我早已自杀了

但我很快就把心冷静下来
——我不怨他　我们这年头
谁能怨谁呢　我只是
拼命看书——我给你的那些书
都是那时买的。我变得很快
我很快就胖起来。完全像两个人
心里很愉快。我发现自己身上
好像有一种无穷的力。我非常
渴望工作。我热爱人生——

　　　（几个人举着火把过去）

　"生命应该是永远发出力量的机器
应该是一个从不停止前进的轮子
人生应该是
一种把自己贡献给群体的努力
一种个人与全体取得
调协的努力
……我们应该宝贵生命
不要把生命荒废

　　　（几个人举着火把
　　　　从她们前面过去……）

　"我很乐观　因为感伤并不能
把我们的命运改变　唐尼

　"我工作得很紧张
我参加了一个团体——
唱歌　演戏　上街贴标语
给伤兵换药　给难民写信

　"打扫轰炸后的街　缝慰劳袋

▽ **阅读导引**

①克明是以怎样的形象出现在诗中的？

②李茵指出，如果唐尼真的爱克明，就不应该去阻碍克明从事的正义斗争。

▽ **批注·心得**

我们的团体到过前线
我看见过血流成的小溪
看见过士兵的尸体堆成的小山
我知道了什么叫做'不幸'
足足有一年　我们
在轰炸　突围　夜行军中度过
我生过疥疮　生过疟疾　生过轮癣
我淋过雨　饿过肚子　在湿地上睡眠
但我无论如何苦都觉得快乐
同志们对我很好　我才知道
世界上有比家属更高的感情

"那团体已被解散了　如今
大家都分散在不同的地方
唐尼　我正在打听他们的消息
我想挨过这学期——啊　那旅馆的
电灯一盏盏地熄了……
唐尼　请你记住这句话：
……
只有反抗才是我们的真理
唐尼　克明①现在不是很努力吗
一个人变坏容易变好难
你如果真的爱他　难道
应该去阻碍他吗？②
　　　　　唐尼
你是不是真的欢喜他呢？
你欢喜他那样的白脸吗？……"

十六　忏悔（一）

"不要谈起这些吧……
李茵　你的话我懂得。
我感谢你——没有人

曾像你这样帮助过我
李茵　我会好起来的

　　　　（几个人　举着火把
　　　　　从她们前面过去……）

　"本来　一个商人的女儿
会有什么希望呢?
而且我是在鸦片烟床上
长大的　五年前
我的父亲就要把我许给
一个经理的儿子　那时
我的哥哥刚死了半年。
我只知道哭　母亲和他吵,
过了几个月　他也死了。
他两个死了后
我家里就不再有快乐了

　"前年九月底　我和母亲
从汉口出来　在难民船上
认识了克明　他很殷勤
……不要说起这些吧
这都是我太年轻……
这都是我太安闲……
李茵　年轻人的敌人是
幻想——它用虹一样的光彩
和皂泡一样的虚幻来迷惑你
我就是这样被迷惑的一个……

　　　　（几个人　举着火把
　　　　　从她们前面过去……）①

【　"李茵　这一夜

▽ 阅读导引

　①艾青十分巧妙地在李茵劝告和唐尼忏悔时,一再插入"几个人举着火把从她们前面过去"等诗句,这有什么作用?

▽ 批注·心得

▽ 阅读导引
　　①唐尼从困扰中挣脱出来，从个人的狭小天地中解放出来。

▽ 批注·心得

我懂得这许多
这一夜　我好像很清醒
我看见了许多　我更看见了
我自己——这是我从来都不曾看见过的 】①

"我来在世界上已经十九个春天
这些年　每到春天　我便
常常流泪　我不知我自己
是怎么会到世界上来的
今天以前　我看这世界
随时都好像要翻过来
什么都好像要突然没有了似的
一个日子带给我一次悸动
生活是一张空虚的网
张开着要把我捕捉
所以我渴求着一种友谊
我将为它而感激一生……
我把它看作一辆车子
使我平安地走过
生命的长途
我知道我是错了……"

　　　（几个人　举着火把
　　唱着歌
　　从她们前面过去……）

"唐尼　不要太信任'友谊'二个字
而且　你说的'友谊'也不会在恋爱中得到
不要把恋爱看得太神秘
……"

十七　忏悔（二）
"李茵
这世界太可怕了——

完全像屠场！
贪婪和自私
统治这世界
直到何时呢？"

"唐尼
人类会有光明的一天
'一切都将改变'
那日子已在不远
只要我们有勇气走上去
你的哥哥就是我们的先驱……"

"我的哥哥是那么勇敢
他以自己的信仰决定一切
离开了家　在北方流浪
好几年都没有消息
连被捕时也没有信给家里
他是死在牢狱里的……

"而我
我太软弱了

　　（十几个人　每人举着火把
　　　粗暴地唱着歌
　　　从她们的前面过去……）

"这时代
不容许软弱的存在
这时代
需要的是坚强
需要的是铁和钢
而我——可怜的唐尼
除了天真与纯洁

还有什么呢？①

　"我的存在
像一株草
我从来不敢把'希望'
压在自己的身上

　"这时代
像一阵暴风雨
我在窗口
看着它就发抖
这时代
伟大得像一座高山
而我以为我的脚
和我的胆量
是不能越过它的

　"但是　李茵　我的好朋友
我会好起来
李茵
你是我的火把
我的光明
——这阴暗的角落
除了你
从没有人来照射
李茵　我发誓
经了这一夜　我会坚强起来的

　"李茵
假如我还有眼泪
让我为了忏悔和羞耻
而流光它吧

"李茵
——我怎么应该堕落呢
假如我不能变好起来
我愿意你用鞭子来打我
用石头来钉我！"

"唐尼
天真是没有罪过的。
我们认识虽只半年
但我却比你自己更多地了解你
我看见了'危险'
已隐伏在你的前面。
它已向你打开黑暗的门
欢迎你进去
不　从你身上我看见了我自己
看见了全中国的姊妹
——我背几句诗给你：

　　'命运有三条艰苦的道路
　　第一条　同奴隶结婚
　　第二条　做奴隶儿子的母亲
　　第三条　直到死做个奴隶
　　　所有这些严酷的命运
　　　罩住俄罗斯土地上的女人'

"我们是中国的女人
比俄国的更不如
我们从来没有勇气
改变我们自己的命运
难道我们永远不要改变吗？
自己不改变　谁来给我们改变呢？

▽ **阅读导引**

　①唐尼的个人情绪，在火光中，在群众沸腾的热情中，如冰块被融解了。

▽ **批注·心得**

_____

_____

_____

_____

_____

_____

_____

_____

_____

_____

_____

_____

_____

_____

_____

　　（在黑暗的深处

　　有几个女人过去

　　她们的歌声

　　撕裂了黑夜的苍穹：

　　'感受不自由　莫大痛苦

　　你光荣的生命牺牲

　　在我们坚苦的斗争中

　　英勇地抛弃了头颅……'）

　　"这一定是演剧队的那些女演员……

　　这声音真美……

　　唐尼　时候不早

　　我们该回去了"

　　"好　李茵

　　今晚我真清醒

　　今晚我真高兴。

　　明天起　我要

　　把高尔基的《母亲》先看完"①

　　"等一等　唐尼

　　让我把火把点起

　　……

　　明天会"

　　　（唐尼举着火把很快地走

　　　突然　她回过头来悠远地叫着：）

　　"李茵

　　要不要我陪你回去？"

　　"不要——

　　有了火把

我不怕"

"好　那么再见
这火把给你。"

"那么……你自己呢?"

"我是走惯了黑路的——
谢谢你这火把……"

十八　尾声①

"妈!
（TA! TA! TA! ）
开门吧"
（TA! TA! TA! ）
"妈!
开门吧"

"妈!
"开门吧"
（TA! TA! TA! ）

"孩子
等一下
让我点了灯
天黑得很……"

"妈　你快呀
我带着火把来了"②

"孩子
这火把真亮"

▽ **阅读导引**

　①尾声含蓄地写出唐尼已经发生了改变。
　②唐尼拿了火把回家，暗示她接受了游行斗争和光明的教育及鼓舞，内心的黑暗已在消退。

▽ **批注·心得**

▽ 阅读导引

①母亲说"天快要亮
了"，诗人赋予这句话什
么样的隐含意义？

▽ 批注·心得

"妈　你拿着它
我来关门
你把火把
插在哥哥照像的前面"

（母亲上床　唐尼
呆呆地望着火把
慢慢地　她看定了
那死了五年的青年的照片：）

"哥哥　今夜
你会欢喜吧
你的妹妹已带回了火把
这火把不是用油点燃起来的
这火把　是她
用眼泪点燃起来的……"

"孩子
这火把真亮
照得房子都通红了
你打嚏了——孩子冷了
怎么你的眼皮肿
——哭了？"

"没有。
今晚我很高兴
只是火把的光
灼得我难受……"
"孩子　别哭了
来睡吧
天快要亮了。"①

一九四〇年五月一日—四日

城市人

人创造了城市
城市又创造了城市人

我认得你们啊——
浮夸的，狡谲的
刁恶的，势利的
生活在欺诈与阴谋里的

你们手插在裤袋里
嘴角衔着一段纸烟
帽子歪戴着
走在行人道上
以伺候的眼睛
等待着攫取什么
我认得你们啊
豪奢的，矜持的
自满的唯利是图的
生活在无餍足与贪婪里的

你们像玩具似的笑着
又像木偶似的动作着
喘吁在脂肪里
用向前圆突的肚子
对世界表示着骄傲[①]

我认得你们啊
荒唐的
险恶的
不可猜测的
生活在投机与冒险里的

▽ **阅读导引**

①城市"创造"了荒唐的、险恶的投机家与冒险家。

②采用首尾呼应的手法，这样写有加深印象、突出中心的作用，也使诗的结构更完整、严谨。

▽ **批注·心得**

一种为可怕的计谋而沉思着
整日踌躇着像
一只向下界寻觅牺牲的苍鹰
随时都在准备着张开指爪①

…………

你们的生命是赌博
你们的肉体
是一架发挥本能的机器
你们灵魂比纸钱还要廉价啊

你们敏捷
你们机巧
你们警惕
你们虚伪
诚然你们能制胜一切
却只为了可怜的自私啊

【人创造了城市
城市又创造城市人】②

一九四〇年

旷野（又一章）[1]

玉蜀黍已成熟得像火烧般的日子：
在那刚收割过的苎麻的田地的旁边，

---

[1] 1940年，艾青在湖南新宁写下《旷野》一诗。同年七月，艾青在重庆写下《旷野》（又一章），这引起人们的猜测：诗人可能有言不尽意的遗憾，需要再写一首；也可能是由于诗人的具体环境变了，诗人心中有了新的感受，需要对旷野做进一步的审视。

一个农夫在烈日下
低下戴着草帽的头，
伸手采摘着毛豆的嫩叶。

【静寂的天空下，
千万种鸣虫的
低微而又繁杂的大合唱啊，
奏出了自然的伟大的赞歌；
知了的不息聒噪
和斑鸠的渴求的呼唤，
从山坡的倾斜的下面
茂密的杂木里传来……】①

昨天黄昏时还听见过的
那窄长的峡谷里的流水声，
此刻已停止了；
当我②从阴暗的林间的草地走过时，
只听见那短暂而急促的
啄木鸟用它的嘴
敲着古木的空洞的声音。

阳光从树木的空隙处射下来，
阳光从我们的手扪不到的高空射下来，
阳光投下了使人感激得抬不起头来的炎热
阳光燃烧了一切的生命，
阳光交付一切生命以热情；

啊，汗水已浸满了我的背；
我走过那些用卷须攀住竹篱的
豆类和瓜类的植物的长长的行列，③
（我的心里是多么羞涩而又骄傲啊）
我又走到山坡上了，
我抹去了额上的汗

▽ **阅读导引**

①诗歌第二节描绘出"旷野"的雄浑气势和勃勃生机流露出作者对现实比较乐观、积极的看法。

②诗人以"我"的身份出现在诗中，而且全诗都是以"我"为线索来写的。

③两首《旷野》都是以具象的精细描绘见长，描绘准确生动，真实刻画出当时旷野的面貌，读的时候认真体会。

▽ **批注·心得**

▽ **阅读导引**

①诗人在诗中几次提到山毛榉，还说"山毛榉是我的朋友"，结合《山毛榉》体会诗人深厚的农民情结。

②在丰饶、广阔的旷野上，有与旷野十分不协调的事物，那就是卑微、可怜的村舍，劳苦贫穷的农人。

▽ **批注·心得**

停歇在一株山毛榉的下面——

简单而蠢笨
高大而没有人欢喜的
山毛榉是我的朋友，①
我每天一定要来访问，
我常在它的阴影下
无言地，长久地，
看着旷野：
旷野——广大的，蛮野的……
为我所熟识
又为我所害怕的，
奔腾着土地、岩石与树木的
凶恶的海啊……

不驯服的山峦，
像绿色的波涛一样
横蛮地起伏着；
黑色的岩石，
不可排解地纠缠在一起；
无数的道路，
好像是互不相通
却又困难地扭结在一起；
那些村舍
卑微的，可怜的村舍，②
各自孤立地星散着；
它们的窗户，
好像互不理睬
却又互相轻蔑地对看着；
那些山峰，
满怀愤恨地对立着；
远远近近的野林啊，
也像非洲土人的鬈发，

茸乱的鬈发，
在可怕的沉默里，
在莫测的阴暗的深处，
蕴藏着千年的悒郁。

而在下面，
在那深陷着的峡谷里，
无数的田亩毗连着，
那里，人们像被山岩所围困似的
宿命地生活着：
从童年到老死，
永无止息地弯曲着身体，
耕耘着坚硬的土地；
每天都流着辛勤的汗，
喘息在
贫穷与劳苦的重轭下……

为了叛逆命运的摆布，
我也曾离弃了衰败了的乡村，
如今又回来了。
何必隐瞒呢——
我始终是旷野的儿子。①
看我寂寞地走过山坡，
缓慢地困苦地移着脚步，
多么像一头疲乏的水牛啊；
在我松皮一样阴郁的身体里，
流着对于生命的烦恼与固执的血液；
我常像月亮一样，
宁静地凝视着
旷野的辽阔与粗壮；
我也常像乞丐一样，
在暮色迷蒙时
谦卑地走过

阅读导引

①在这里，旷野的粗狂不羁的气势，与诗人内心中生命欲望的狂热，是十分合拍的。这种狂热的欲望，就是诗人认为既险要而坎坷、又漫长而迷蒙的前程。

②《公路》写的是诗人登上新开辟的高原公路而发出的感慨。

批注·心得

那些险恶的山路；
我的胸中，微微发痛的胸中，
永远地汹涌着
生命的不羁与狂热的欲望啊！①
而每天，
当我被难于抑止的忧郁所苦恼时，
我就仰卧在山坡上，
从山毛榉的阴影下
看着旷野的边际——
无言地，长久地，
把我的火一样的思想与情感
溶解在它的波动着的
岩石，阳光与雾的远方……

一九四〇年七月八日　四川

公　路②

像那些阿美利加人
行走在加利福尼亚的大道上
我行走在中国西部高原的
新辟的公路上
我从那隐蔽在群山的峡谷里的
一个卑微的小村庄里出来
我从那阴暗的，迷蒙着柴烟的小瓦屋里出来
带着农民的耿直与痛苦的激情
奔上山去——
让空气与阳光
和展开在山下的如海洋一样的旷野
拂去我的日常的烦琐
和生活的苦恼
也让无边的明朗的天的幅员

以它的毫无阻碍的空阔
松懈我的长久被窒息的心啊……

绵长的公路①
沿着山的形体
弯曲地，伏贴地向上伸引
人在山上慢慢地升高
慢慢地和下界远离
行走在大气的环绕里
似乎飘浮在半空
我们疲倦了
可以在一棵古树的根上
坐下休息
听山涧从巉岩间
奔腾而下
看鹰鹫与雕鸽
呼叫着又飞翔着
在我们的身边……②

而背上负着煤袋的骡马队
由衣着褴褛的人们带引着
由倦怠的喝叱和无力的鞭打指挥着
凌乱地从这里过去
又转进了一个幽僻山峡里去
我们可以随着它们的步伐
揣摹着在那山峡里和衰败的古庙相毗连
有着一排制造着简陋的工业品的房屋
那些载重的卡车啊
带着愉快③的隆隆之声而来
车上的货物颠簸着
那些年轻的人们
朝向我这步行者
扬臂欢呼

▽ 阅读导引

①阅读诗歌，思考这条公路有什么特点。
②诗人在描绘公路上的所见时，生动细致，使人如临其境。
③诗人行走在公路上，心情是欢愉的、激动的，连载重卡车的隆隆声在诗人耳中也是愉快的。

▽ 批注・心得

▽ 阅读导引
　　①边读边勾画出直接描写诗人愉快心情的句子。

▽ 批注 · 心得

在这样的日子
即使他们的振奋
和我的振奋不是来自同一的缘由
我的心也在不可抑制地激动啊

更有那些轻捷的汽车
挣着从金属的反射
所投射出来的白光之翅
陶醉在疾行的速度里
在山脉上
勇敢地飞驰
鼓舞了我的感情与想象
和它们比翼在空中

于是
【我的灵魂得到了一次解放
我的肺腑呼吸着新鲜
我的眼瞳为远景而扩大
我的脚因欢忭而跛行在世界上】①

用坚强的手与沉重的铁锤所劈击
又用爆烈的炸药轰开了岩石
在万丈高的崖壁的边沿
以石块与泥土与水门汀
和成千成万的劳动者的汗
凝固成了万里长的道路
上面是天穹
——一片令人看了要昏眩的蓝色
下面是大江
不止地奔腾着江水
无数的乌暗的木船和破烂的布帆
几乎是静止地漂浮在水面上
从这里看去

渺小得只成了一些灰暗的斑点
人行走在高山之上
远离了烦琐与阴暗的住房
可怜的心，诚朴的心啊
终于从单纯与广阔
重新唤醒了
一个生命的崇高与骄傲——
即使我是一个蚂蚁
或是一只有坚硬的翅膀的蚱蜢
在这样的路上爬行或飞翔
也是最幸福①的啊……

今天，我穿着草鞋
戴着麦秆编的凉帽
行走在新辟的公路上
我的心因为追踪自由
而感到无限地愉悦啊②
铺呈在我的前面的道路
是多么宽阔！多么平坦！
多么没有羁绊地自如地
向远方伸展——
我们可以清楚地看见
【它向天的边际蜿蜒地远去
那么豪壮地络住了地面】③
当我在这里向四周凝望
河流，山丘，道路，村舍
和随处都成了美丽的丛簇的树林
无比调谐地浮现在大气里
竟使我如此明显地感到
我是站在地球的巅顶

一九四〇年秋

▽ 阅读导引

①诗人直接点出行走在公路上的感受：最幸福。

②这两行诗揭示了诗歌的主旨。分析诗人心情愉悦的原因。

③诗人在这首诗中，采用了写景与抒情相结合的方式，表达出自己抑制不住的愉悦心情。通读全诗，体会情景交融写法的妙处。

▽ 批注·心得

①说说用"沉重"形容垂发的妙处。

②《高粱》表达了作者怎样的感情？

③"燃"字精练、形象地写出夕阳将草原染得通红的情景。

▽ 批注·心得

高　粱

【我还记得的：昨天
我又从那斜坡上走过——
我们的那些高粱已很高很高了，
而且每根的顶上都挂着果实……

丰满的累累的果实啊，
在早晨阳光照着的旷野上，
在澄碧的天空的下面，
像无数少女的沉重①而闪光的垂发。

我还记得：露水伏在
那些绿叶上——透明而圆润；
那些绿叶宽长而稀疏的，
它们披在挺直的干子上。

很细很细的流水从岩石上流过，
岩石上的黑色的鲜苔都复活了！
我还记得的：我从那里走过，
好像听见高粱唱着快乐之歌……】②

一九四〇年八月十六日夜

刈草的孩子

夕阳把草原燃③成通红了。
刈草的孩子无声地刈草，
低着头，弯曲着身子，忙乱着手，
从这一边慢慢地移到那一边……

草已遮没他小小的身子了——
在草丛里我们只看见：

一只盛草的竹篓，几堆草，
和在夕阳里闪着金光的镰刀……

一九四〇年

篝　火^①

黄昏降落到我们的旷野，
快乐的火焰就升起了——
它在黝黑的树林下面，
闪耀着炫眼的红光……

白色的烟像夜间的雾，
迷漫了山谷和树林，
跟随着秋天晚上的风
徐缓地流散到远方……

【在白烟的树林里，
在篝火的照耀里，
映着几个农夫和农妇
背负着收获物晚归的暗影。】^②

一九四〇年八月三十日夜

古　松^③

【你和这山岩一同呼吸一同生存
你比生你的土地显得更老
比山崖下的河流显得更老
你的身体又弯曲，又倾斜
好像载负过无数的痛苦
你的裂皱是那么深，那么宽

▽ 阅读导引

　①全诗洋溢着快乐的情绪，朗读时认真感受。
　②诗句流露出作者怎样的感情？
　③思考：你认为诗中的古松象征着什么？

▽ 批注·心得

阅读导引

①诗的前几行描绘一棵载负过无数痛苦的老松。

②蜜蜂、蚂蚁、鸽子、松鼠都靠古松生活，古松的负载是那么沉重。

③诗人时刻关注着中华民族的命运，他为民族的忧而忧，为民族的喜而喜，诗中时时流露出这种深情。

④诗中的"我"是指黎明，"你"是指诗人，"他们"则是渴求光明的人们。

批注·心得

而又那么繁复交错】①

甚至蜜蜂的家属在里面居住

蚂蚁的队伍在里面建筑营房

而在你的丫杈间的洞穴里

有着胸脯饱满的鸽子的宿舍——

它们白天就成群地飞到河流对岸的平地上去

也有着尾巴像狗尾草似的松鼠的家②

它们从你伸长着的枝丫

跳到另一棵比你年轻的松树上

比小鸟还要显得敏捷

你的头那样高高地仰着

风过去时，你发出低微的呻吟

一个捡柴的小孩站在下面向你看，

你显得多么高！

你的叶子同云翳掺和在一起

白云在你上面像是你的披发

一伙蚂蚁从你的脚跟到你的头上

是一次庄严的长途旅行

你的身体是铁质和砂石熔铸成的

用无比的坚强领受着风、雨、雷、电的打击

而每次阴云吹散后的阳光带给你微笑

你屹立在悬崖的上面像老人③

你庇护这山岩，用关心注视我们的乡村；

你是美丽的——虽然你太苍老了。

一九四〇年

黎明的通知

为了我的祈愿

诗人啊，你起来吧

而且请你告诉他们④

说他们所等待的已经要来

说我已踏着露水而来
已借着最后一颗星的照引而来

【我从东方来
从汹涌着波涛的海上来】①

我将带光明给世界
又将带温暖给人类

借你正直人的嘴
请带去我的消息

通知眼睛被渴望所灼痛②的人类
和远方的沉浸在苦难里的城市和村庄

请他们来欢迎我——
白日的先驱，光明的使者

【打开所有的窗子来欢迎
打开所有的门来欢迎

请鸣响汽笛来欢迎
请吹起号角来欢迎】③

请清道夫来打扫街衢[1]
请搬运车来搬去垃圾
让劳动者以宽阔的步伐走在街上吧
让车辆以辉煌的行列从广场流过吧

---

[1] 街衢（qú）：大路，四通八达的道路。

▽ **阅读导引**

①诗歌取材于真实的生活经验，一连串的细节描写朴实、感人。

②这首诗基本采用了两行一节的分段，而且每一句都比较短，形成一种急迫的请求式的气势。

▽ **批注·心得**

请村庄也从潮湿的雾里醒来
为了欢迎我打开它们的篱笆

请村妇打开她们的鸡坶[1]
请农夫从畜棚牵出耕牛①

借你的热情的嘴通知他们
说我从山的那边来，从森林的那边来

请他们打扫干净那些晒场
和那些永远污秽的天井
请打开那糊有花纸的窗子
请打开那贴着春联的门

请叫醒殷勤的女人
和那打着鼾声的男子

请年轻的情人也起来
和那些贪睡的少女

请叫醒困倦的母亲
和她身旁的婴孩②

请叫醒每个人
连那些病者与产妇

连那些衰老的人们
呻吟在床上的人们
连那些因正义而战争的负伤者
和那些因家乡沦亡而流离的难民

---

[1] 鸡坶（shí）：鸡窝。

请叫醒一切的不幸者
我会一并给他们以慰安[①]

请叫醒一切爱生活的人
工人，技师以及画家

请歌唱者唱着歌来欢迎
用草与露水所掺和的声音

请舞蹈者跳着舞来欢迎
披上她们白雾的晨衣

请叫那些健康而美丽的醒来
说我马上要来叩打她们的窗门

请你忠实于时间的诗人
带给人类以慰安的消息

请他们准备欢迎，请所有的人准备欢迎
当雄鸡最后一次鸣叫的时候我就到来

请他们用虔诚的眼睛凝视天边
我将给所有期待我的以最慈惠的光辉

趁这夜已快完了，请告诉他们
说他们所等待的就要来了

一九四〇年

▽ 阅读导引
　　①诗人在诗中多次说"请叫醒……"，有何深意？

▽ 批注·心得

▽ **阅读导引**

　　①诗歌第一部分写父亲在失望中离世。
　　②阅读要求：边读边梳理出"我"的生活经历和父亲的生活经历。
　　③诗歌第二部分写父亲的地主生活。

▽ **批注·心得**

我的父亲[1]

一①

近来我常常梦见我的父亲——
他的脸显得从未有过的"仁慈"，
流露着对我的"宽恕"，
他的话语也那么温和，②
好像他一切的苦心和用意，
都为了要袒护他的儿子。

去年春天他给我几次信，
用哀恳的情感希望我回去，
他要嘱咐我一些重要的话语，
一些关于土地和财产的话语：
但是我拂逆了他的愿望，
并没有动身回到家乡，
我害怕一个家庭交给我的责任，
会毁坏我年轻的生命。

五月石榴花开的一天，
他含着失望离开人间。

二③

我是他的第一个儿子，
他生我时已二十一岁，
正是清朝最后的一年，
在一个中学堂里念书。
他显得温和而又忠厚，
穿着长衫，留着辫子，

---

[1] 这是一首带有自传色彩的长诗。艾青在诗里通过对他与父亲之间的种种关系的剖析，深刻地显示了艾青与其出身的阶级之间对立的关系。从这一意义上说，这首诗和《大堰河——我的保姆》是姐妹篇。本诗选入时略有删改。

胖胖的身体，红褐的肤色，
眼睛圆大而前突，
两耳贴在脸颊的后面，
人们说这是"福相"，
所以他要"安分守己"。①

满足着自己的"八字"，
过着平凡而又庸碌的日子，
抽抽水烟，喝喝黄酒，
躺在竹床上看《聊斋志异》，
讲女妖和狐狸的故事。
他十六岁时，我的祖父就去世；
我的祖母是一个童养媳，
常常被我祖父的小老婆欺侮；
我的伯父是一个鸦片烟鬼……
但是他，我的父亲，
却从"修身"与"格致"学习人生——
做了他母亲的好儿子，
他妻子的好丈夫。②

接受了梁启超的思想，
知道"世界进步弥有止期"，
成了"维新派"的信徒，
在那穷僻的小村庄里，
最初剪掉乌黑的辫子。

《东方杂志》的读者，
《申报》的订户，
"万国储蓄会"的会员，
堂前摆着自鸣钟，
房里点着美孚灯。

镇上有曾祖父遗下的店铺——
京货，洋货，粮食，酒，"一应俱全"，

▽ 阅读导引

①在民族危亡的时刻，父亲仍固守自己的一方小天地。
②体会两个"好"字的作用。

▽ 批注·心得

▽ 阅读导引

　　①父亲要子女认真读书，同时结交那些"贵宾"，有何目的？

▽ 批注·心得

它供给我们全家的衣料，
日常用品和饮茶的点心，
凭了折子任意拿取一切什物；
三十九个店员忙了三百六十天，
到过年主人拿去全部的利润。

村上又有几百亩田，
几十个佃户围绕在他的身边，
家里每年有四个雇农，
一个婢女，一个老妈子，
这一切造成他的安闲。

没有狂热！不敢冒险！
依照自己的利益和趣味，
要建立一个"新的家庭"，
把女儿送进教会学校，
督促儿子要念英文。

【用批颊和鞭打管束子女，
他成了家庭里的暴君，
节俭是他给我们的教条，
顺从是他给我们的经典，
再呢，要我们用功念书，
密切地注意我们的分数，
他知道知识是有用的东西——
一可以装点门面，
二可以保卫财产。
这些是他的贵宾：
退伍的陆军少将，
省会中学的国文教员，
大学法律系和经济系的学生，
和镇上的警佐，
和县里的县长。】①

经常翻阅世界地图，
读气象学，观测星辰，
从"天演论"知道猴子是人类的祖先；
但是在祭祀的时候，
却一样的假装虔诚，
他心里很清楚：
对于向他缴纳租税的人们，
阎罗王的塑像，
比达尔文的学说更有用处。

【无力地期待"进步"，
漠然地迎接"革命"，
他知道这是"潮流"，
自己却回避着冲激，
站在遥远的地方观望……】①

一九二六年
国民革命军从南方出发
经过我的故乡，
那时我想去投考"黄埔"，
但是他却沉默着，
两眼混浊，没有回答。

革命像暴风雨，来了又去了。

无数年轻英勇的人们，
都做了时代的奠祭品，②
在看尽了恐怖与悲哀之后，
我的心像失去布帆的船只
在不安与迷茫的海洋里漂浮……

地主们都希望儿子能发财，做官，
他们要儿子念经济与法律：
而我却用画笔蘸了颜色，

▽ **阅读导引**

①诗中的父亲表面上顺应时代的进步，一旦接触到实际却又回避。

②"四一二"反革命政变发生后，敌人的屠刀沾满了革命者的鲜血。诗人和许多有为的青年一样，炽热的心上蒙起一层阴影。

▽ **批注・心得**

▽ **阅读导引**

　　①这里父亲的话应该用怎样的语气来读？

　　②"我"走上与父亲的期望相悖的道路。

▽ **批注·心得**

_____

_____

_____

_____

_____

_____

_____

_____

_____

_____

_____

_____

_____

_____

去涂抹一张风景，
和一个勤劳的农人。

少年人的幻想和热情，
常常鼓动我离开家庭：
为了到一个远方的都市去，
我曾用无数功利的话语，
骗取我父亲的同情。

一天晚上他从地板下面，
取出了一千元鹰洋
两手抖索，脸色阴沉，
一边数钱，一边叮咛：
"你过几年就回来，
千万不可乐而忘返！"①

而当我临走时，
他送我到村边，
我不敢用脑子去想一想
他交给我的希望的重量，
我的心只是催促着自己：
"快些离开吧——
这可怜的田野，
这卑微的村庄，
去孤独地漂泊，
去自由地流浪！"

三②

几年后，一个忧郁的影子
回到那个衰老的村庄，
两手空空，什么也没有——
除了那些叛乱的书籍，
和那些狂热的画幅，
和殖民地人民的

深刻的耻辱与仇恨。

七月，我被关进了监狱
八月，我被判决了徒刑；
由于对他的儿子的绝望
我的父亲曾一夜哭到天亮。[①]

在那些黑暗的年月，
他不断地用温和的信，
要我做弟妹们的"模范"，
依从"家庭的愿望"，
又用衰老的话语，缠绵的感情，
和安排好了的幸福，
来俘虏我的心。

当我重新得到了自由，
他热切地盼望我回去，
他给我寄来了
仅仅足够回家的路费。

他向我重复人家的话语，
（天知道他从哪里得来！）
说中国没有资产阶级，
没有美国式的大企业，
没有残酷的剥削和榨取；
他说："我对伙计们，
从来也没有压迫，
就是他们真的要革命，
又会把我怎样？"
于是，他摊开了账簿，
摊开了厚厚的租谷簿，
眼睛很慈和地看着我
长了胡须的嘴含着微笑
一边用手指拨着算盘

▽ **阅读导引**

　　①真实记录了诗人的经历，传达出一个从旧营垒中反叛而出的新青年的意志——追求一个至善的理想。这概括了中国许多革命知识分子的生活道路。

　　②诗中的父亲是个什么样的人？

▽ **批注·心得**

_____

_____

_____

_____

_____

_____

_____

_____

_____

一边用低微的声音
督促我注意弟妹们的前途。
但是，他终于激怒了——
皱着眉头，牙齿咬着下唇，
显出很痛心的样子，
手指节猛击着桌子，
他愤恨他儿子的淡漠的态度，
——把自己的家庭，
当作旅行休息的客栈；
用看秽物的眼光，
看祖上的遗产。
为了从废墟中救起自己，
为了追求一个至善的理想，
我又离开了我的村庄，
即使我的脚踵淋着鲜血，
我也不会停止前进……①

我的父亲已死了，
他是犯了鼓胀病而死的；
从此他再也不会怨我，
我还能说什么呢？

【他是一个最平庸的人；
因为胆怯而能安分守己，
在最动荡的时代里，
度过了最平静的一生，
像无数的中国地主一样：
中庸，保守，吝啬，自满，
把那穷僻的小村庄，
当作永世不变的王国；
从他的祖先接受遗产，
又把这遗产留给他的子孙，
不曾减少，也不曾增加！】②
就是这样——

这就是为什么我要可怜他的地方。

如今我的父亲，

已安静地躺在泥土里

在他出殡的时候，

我没有为他举过魂幡

也没有为他穿过粗麻布的衣裳；

我正带着嘶哑的歌声，

奔走在解放战争的烟火里……

母亲来信嘱咐我回去，

要我为家庭处理善后，

我不愿意埋葬我自己，

残忍地违背了她的愿望。

感激战争给我的鼓舞，

我走上和家乡相反的方向——

因为我，自从我知道了

在这世界上有更好的理想，

我要效忠的不是我自己的家，

而是那属于万人的

一个神圣的信仰。①

一九四一年八月

少年行②

像一只飘散着香气的独木船，

离开一个小小的荒岛；

一个热情而忧郁的少年，

离开了他的小小的村庄。

我不欢喜那个村庄——

它像一株榕树似的平凡，

也像一头水牛似的愚笨，

▽ **阅读导引**

①艾青用最简单的语言，以及几个简单的意象"春臼的声音""和尚""巫女"，生动形象地写出了他对乡村的贫穷、落后的厌倦，对外界文明的向往。

②艾青以"衰败的老人"为喻，形象地写出乡村的破败景象。

③少年对村庄的感情是矛盾的，请找出矛盾具体表现在什么地方。

▽ **批注·心得**

我在那里度过了我的童年；
而且那些比我愚蠢的人们嘲笑我，
我一句话不说　心里藏着一个愿望，
我要到外面去比他们见识得多些，
我要走得很远——梦里也没有见过的地方：

那边要比这里好得多好得多，
人们过着神仙似的生活；
听不见要把心都舂碎的春臼的声音，
看不见讨厌的和尚和巫女的脸。①

父亲把大洋五块五块地数好，
用红纸包了交给我而且教训我！
而我却完全想着另外的一些事，
想着那闪着强烈的光芒的海港……

你多嘴的麻雀聒噪着什么——
难道你们不知我要走了吗？
还有我家的老实的雇农，
你们脸上为什么老是忧愁？

早晨的阳光照在石板铺的路上，
我的心在怜悯我的村庄
它像一个衰败的老人②，
站在双尖山的下面……

【再见啊，我的贫穷的村庄，
我的老母狗，也快回去吧！
双尖山保佑你们平安无恙，
等我也老了，我再回来和你们一起。】③

一九四一年

秋天的早晨

在幽暗的山谷间
延河静静地流着
沿着山脚弯曲伸展
在田亩上放射银光

月亮已从山背回去
启明星闪耀在我们的山顶
四野响起雄鸡的晨唱
和接续的悠远的号声

【秋天已沿着河岸来了——
披着稀薄的雾，带着微寒；
大豆萎黄了，荞麦枯焦了，
田亩上星散着收获物的堆积】①

金色的苞谷米
铺在屋背的斜面上
从那边的磨房传出
齐匀的筛面的声音

【农夫从打开的门里出来
背脊因劳苦而微微驼起
一边呛咳，一边扣着钮扣
缓慢地向畜棚走去】②

那肮脏而懒惰的猪突然跃起
从木栅里伸动它的鼻子
企望主人给它丰盛的早餐
用刺耳的尖叫表示欢喜

农夫却把关心放到驴子身上
因为它勤奋劳苦而又瘦削

▽ 阅读导引

　①"金黄的日子"说明农民的日子发生了翻天覆地的变化，延安革命根据地让农民当家作主。
　②青年为什么而歌唱？

▽ 批注·心得

他把昨晚为它切好的干草
和了豆壳倒进了石槽

于是他走到圆大的磨床旁边
用高粱秆扎的帚子扫着磨床
慢慢地抽完了一次旱烟之后
从屋檐上取下驴子的轭套

他又从屋里搬出一箩小米
快要溢出的是无数细小的金珠
伸出粗糙而干裂的手取了几颗
放到嘴里用黄色的大牙咬着

干脆地！太阳从山顶投下光芒
他驾好驴子，把小米倒上磨床
用力在驴子的股肉上一拍
把这金黄的日子①碾动了……

长长的骡马队从土墙边过去
骡夫高声喝叱着，挥着鞭子
零乱而清新，铜铃在震响
那声音沿着河流慢慢远逝

这时候，在河流的彼岸
一个青年为清晨的大气所兴奋
在那悬崖的下面，迎着流水
唱着一支无比热情的歌曲②

一九四一年十月四日

时　代

我站立在低矮的屋檐下
出神地望着蛮野的山岗

和高远空阔的天空，
很久很久心里像感受了什么奇迹，
我看见一个闪光的东西
它像太阳一样鼓舞我的心，①
在天边带着沉重的轰响，
带着暴风雨似的狂啸，
隆隆滚碾而来……

我向它神往而又欢呼！
当我听见从阴云压着的雪山的那面
传来了不平的道路上巨轮颠簸的轧响
我的心追赶着它，激烈地跳动着
像那些奔赴婚礼的新郎
——纵然我知道由它所带给我的
并不是节日的狂欢
和什么杂耍场上的哄笑，
却是比一千个屠场更残酷的景象，
而我却依然奔向它
带着一个生命所能发挥的热情。②

我不是弱者——我不会沾沾自喜，
我不是自己能安慰或欺骗自己的人
我不满足那世界曾经给过我的
——无论是荣誉，无论是耻辱
也无论是阴沉的注视和黑夜似的仇恨
以及人们的目光因它而闪耀的幸福
我在你们不知道的地方感到空虚
我要求更多些，更多些呵
给我生活的世界
我永远伸张着两臂
我要求攀登高山
我要求横跨大海
我要迎接更高的赞扬，更大的毁谤

▽ 阅读导引

①这是一个像太阳一样的时代，但同时又是动荡的、充满危险的，需要付出巨大努力方能实现理想的时代。

②诗人对光明的时代如此神往，尽管在追求过程中布满荆棘和鲜血，诗人依然勇敢地、义无反顾地奔向这一时代。

▽ 批注·心得

阅读导引

①让时间来证明"我"的忠诚，不管遇到什么挫折，"我"都会不顾一切地去拥抱这个时代。

②结尾这六句诗是诗人内心深处的誓言，表明了诗人对人民革命事业的服从，表达了对时代和祖国的献身精神。

③边读边标出揭示诗人对村庄情感的词语，理清诗人对村庄的情感脉络。

批注·心得

更不可解的怨恨，和更致命的打击——
都为了我想从时间的深沟里升腾起来……①

没有一个人的痛苦会比我更甚的——
我忠实于时代，献身于时代，而我却沉默着
不甘心地，像一个被俘虏的囚徒
在押送到刑场之前沉默着
我沉默着，为了没有足够响亮的语言
像初夏的雷霆滚过阴云密布的天空
抒发我的激情于我的狂暴的呼喊
奉献给那使我如此兴奋，如此惊喜的东西
我爱它胜过我曾经爱过的一切
为了它的到来，我愿意交付出我的生命
交付给它从我的肉体直到我的灵魂
我在它的前面显得如此卑微
甚至想仰卧在地面上
让它的脚像马蹄一样踩过我的胸膛②

一九四一年十二月十六日晨

村　庄

我是一个海滨的省份的村庄的居民，
自从我看见了都市的风景画片，
我就不再爱那鄙陋的村庄了，
十五岁起我开始在都市里流浪，
有时坐在小酒店里想起我的村庄，
我的心里就引起了无尽的哀怜，③
那些都市大街上的每一幢房子，
都要比我那整个的村庄值钱啊……
还有那些珠宝铺，那些大商场，
那些国货陈列所，
人们在里面兜一个圈子

也比在家乡过一生要有意思，
假若他不是一只松鼠
决不会回到那可怜的村庄。
我知道这是不公平的，背义的①，
人们厌弃他们的村庄
像浪子抛开他善良的妻子……
到头了两手插在空袋里踯躅在街边。

连傻子也知道那些大都市是一群吸血鬼②——
它们吞蚀着：钢铁，木材，食粮，燃料
和成千成万的劳动者的健康；
千万个村庄从千万条路向它们输送给养……

我们所饲养的家畜被装进了罐头；
每天积蓄下来的鸡蛋被做成了饼干；
我们采集的水果，收割的大豆和小麦，
从来不会在我们家里停留太久；
还有那些年轻的小伙子借了路费出发，
一年年过去，不再有回家的消息；
只让那些愚蠢和衰老的人们，
像乌柏树一样守住那村庄。

磨房和舂臼的声音说尽了村庄的单调，
无聊的日子在鸡啼和犬吠声里过去；
偶然有人为了奔丧回到家乡时，
他的一只皮鞋就足够使全村的人看了眼红，③
还有透明的烟嘴和发亮的表链，
会使得年轻的女人眼里射出光辉。

让那些一辈子坐在纺车旁边的老太婆，
和含着旱烟管讲着"长毛"故事的老汉们，
留在那里等他们的用楠木做的棺材吧！④
让童养媳用手拍着那呛咳的老妇的背吧！
让那些胆怯得像老鼠的人在豆腐店的前面吹牛吧！

▽ 阅读导引

①城市借助于对乡村的掠夺形成经济优势，城市文明反过来让被掠夺者厌弃了自己的生活状态，认同了掠夺者"不公平的、背义的"秩序。
②诗人为什么说城市是"吸血鬼"？
③城市对乡村的侵蚀，不仅包含着生活领域的掠夺，更包含着精神伤害。
④这一节，以年轻人的视角来看村庄，嫌弃、鄙视尽显其中，也从侧面写出村庄的贫穷、落后。

▽ 批注·心得

让盲眼的算命人弹着三弦走进茅屋去吧！
倒霉的村庄呀，年轻的人谁还欢喜你呢？
他们知道都市里的破卡车都比你要神气
——大笑着，奔跳着，又叫嚣着
从洋行和公司前面滚过……

要到什么时候我的可怜的村庄才不被嘲笑呢？
要到什么时候我的老实的村庄才不被愚弄呢？
什么时候我的那个村庄也建造起小小的工厂：
从明洁的窗子可以看见郁绿的杉木林，
机轮的齐匀的鸣响混在秋虫的歌声一起？
什么时候在山坡背后突然露出了一个烟囱，
从里面不止地吐出一朵一朵灰白色的烟花？
什么时候人们生活在那里不会觉得卑屈，①
穿得干净，吃得饱，脸上含着微笑？
什么时候，村庄对都市不再怀着嫉妒与仇恨，
都市对村庄也不再怀着鄙夷与嫌恶，
它们都一样以自己的智力为人类创造幸福，
那时我将回到生我的村庄去，
用不是虚饰而是真诚的歌唱
去赞颂我的小小的村庄。

一九四一年十二月二十七日

太阳的话

打开你们的窗子吧
打开你们的板门吧
让我进去，让我进去②
进到你们的小屋里

我带着金黄的花束
我带着林间的香气

我带着亮光和温暖
我带着满身的露水

快起来，快起来
快从枕头里抬起头来
睁开你的被睫毛盖着的眼
让你的眼看见我的到来

让你们的心像小小的木板房
打开它们的关闭了很久的窗子①
让我把花束，把香气，把亮光，
　温暖和露水撒满你们心的空间。

一九四二年一月十四日

给太阳②

早晨，我从睡眠中醒来，
看见你的光辉就高兴；
——虽然昨夜我还是困倦，
而且被无数的恶梦纠缠。

你新鲜，温柔，明洁的光辉，
照在我久未打开的窗上，
把窗纸敷上浅黄如花粉的颜色，
嵌在浅蓝而整齐的格影里。

我心里充满感激，从床上起来，
打开已关了一个冬季的窗门，
让你把金丝织的明丽的台巾，③
铺展在我临窗的桌子上。

于是，我惊喜地看见你；
这样的真实，不容许怀疑，
你站立在对面的山巅，

▽ 阅读导引

　①用呼告、比喻的手法表达对太阳的赞美之情。
　②表达了作者什么样的感情？

▽ 批注·心得

而且笑得那么明朗——

我用力睁开眼睛看你，
渴望能捕捉你的形象——
多么强烈！多么恍惚！多么庄严
你的光芒刺痛我的瞳孔。

太阳啊，你这不朽的哲人，①
你把快乐带给人间，
即使最不幸的看见你，
也在心里感受你的安慰。

你是时间的锻冶工，
美好的生活的镀金匠；
你把日子铸成无数金轮，
飞旋在古老的荒原上……

假如没有你，太阳，
一切生命将匍匐在阴暗里，
即使有翅膀，也只能像蝙蝠
在永恒的黑夜里飞翔。

我爱你像人们爱他们的母亲，
你用光热哺育我的观念和思想——
使我热情地生活，为理想而痛苦，
直到我的生命被死亡带走。②

经历了寂寞漫长的冬季，
今天，我想到山巅上去，
解散我的衣服，赤裸着，
在你的光辉里沐浴我的灵魂……

一九四二年三月十一日

河边诗草[1]（五首）

歌①

像初升的阳光刺击着
我的心充塞着青春的欢乐啊！
我在山巅上唱着粗野的歌
唱着没有拍节的没有词句的歌
唱着一些从心里流出的自由的歌
我一边唱一边从山上飞奔而下
歌声像风一样愉快地飘扬

一个农夫从山脚上来
背了犁耙牵了一头母牛
年轻的母牛啊，要做母亲的母牛
奇怪啊，那母牛突然停住了脚步
朝向我睁着眼竖起了耳朵
听着我的粗野的歌

新苗

那些焚烧树林的都离开此地了
他们遗留下荒凉让我们开垦
我们耕耘，我们碎土，我们播种，
用自己的汗水灌溉大豆与小麦

太阳依然照着我们的土地
雨露依然给我们滋润
如今我们的种子已从温暖里醒来
含着绿色的②微笑露出在地面

呼唤

从深幽的山谷里

▽ 阅读导引
①请同学们读完这首诗之后，在"歌"的前面加上修饰的词语。
②绿色象征生命和希望。

▽ 批注·心得

[1]诗草：①诗的草稿；②诗作；③诗集的专称。

▽ 阅读导引

①旧时的农民辛苦劳作，但劳作所得被剥削者搜刮得所剩无几。

②诗人眼中的羊群是悠闲、自在、平静的，这也是诗人自己心境的折射。

▽ 批注·心得

又传出布谷鸟的殷勤的呼唤了：
"春雷响过了
雨也下过了
土地也松了
勤奋的人们啊
快快地播种吧……"

布谷鸟它看尽了中国农民的日常苦恼
也看见了辛勤所得的收获
永远落在懒惰的人们的手里[①]
它的咽喉被泪水所润泽
歌声是悠远而充满抑郁

在江南，现在它又在呼唤了
"田里的水很多了
溪里的鱼都在跳跃了
连荠菜也长大了
忠实的人们啊
快快插秧吧……"啊

羊群

小小的绿色的斜坡上
布满了白色的柔和的羊群
它们的身体慢慢地移动
慢慢[②]地涌着柔和的波浪

它们一边走一边吃草
静寂里发出细微而愉快的声音

羔羊在鸣叫母羊在应和
晴空里浸沐爱情

黄昏，阳光在它们的背上
披上了崭新的和平

旗

鲜艳的红色的方布上
缀着金色的斧头镰刀①
被阳光浸浴着
被风吹拂着
旗，庄严地飘荡着
在亚洲的广阔的土地上

人类解放的信号
旧世界崩坍的标记
眼泪所栽培的欢笑
血所灌溉的花朵
旗，欣喜地飘荡着②
在中国的古老的土地上

一九四二年四月

献给乡村的诗③

我的诗献给中国的一个小小的乡村——
它被一条山岗所伸出的手臂环护着。
山岗上是年老的常常呻吟的松树；
还有红叶子像鸭掌般撑开的枫树；
高大的结着戴帽子的果实的榉子树
和老槐树，主干被雷霆劈断的老槐树；
这些年老的树，在山岗上集成树林，
荫蔽着一个古老的乡村和它的居民。

我想起乡村边上澄清的池沼——
它的周围密密地环抱着浓绿的杨柳，
水面浮着菱叶、水葫芦叶、睡莲的白花。
它是天的忠心的伴侣，映着天的欢笑和愁苦；
它是云的梳妆台，太阳、月亮、飞鸟的镜子；

▽ 阅读导引

①诗人对中国共产党党旗进行描绘。

②诗人歌颂党所领导的革命事业，并深信党会带领整个民族走向解放。

③这首诗采用了八行一节的分段，而且每一句都比较长，形成了流畅的艺术感。诗人先描绘家乡的自然环境，再描绘家乡劳动者的生存状态，诗歌首尾呼应，结构完整有序。

▽ 批注·心得

⯇ 阅读导引

①只剩了一副骨骼的木桥让你联想到了什么？

⯈ 批注·心得

它是群星的沐浴处，水禽的游泳池；
而老实又庞大的水牛从水里伸出了头，
看着村妇蹲在石板上洗着蔬菜和衣服。

我想起乡村里那些幽静的果树园——
园里种满桃子、杏子、李子、石榴和林檎，
外面围着石砌的围墙或竹编的篱笆，
墙上和篱笆上爬满了茑萝和纺车花：
那里是喜鹊的家，麻雀的游戏场；
蜜蜂的酿造室，蚂蚁的堆货栈；
蟋蟀的练音房，纺织娘的弹奏处；
而残忍的蜘蛛偷偷地织着网捕捉蝴蝶。

我想起乡村路边的那些石井——
青石砌成的六角形的石井是乡村的储水库，
汲水的年月久了，它的边沿已刻着绳迹。
暗绿而濡湿的青苔也已长满它的周围，
我想起乡村田野上的道路——
用卵石或石板铺的曲折窄小的道路，
它们从乡村通到溪流、山岗和树林，
通到森林后面和山那面的另一个乡村。

我想起乡村附近的小溪——
它无日无夜地从远方引来了流水
给乡村灌溉田地、果树园、池沼和井，
供给乡村上的居民们以足够的饮料；
我想起乡村附近小溪上的木桥——
它因劳苦削瘦得只剩了一副骨骼。①
长年地赤露着瘦长的腿站在水里，
让村民们从它驼着的背脊上走过。

我想起乡村中间平坦的旷场——
它是村童们的竞技场，角力和摔跤的地方，
大人们在那里打麦，掼豆，扬谷，筛米……

长长的横竹竿上飘着未干的衣服和裤子；
宽大的地席上铺晒着大麦、黄豆和荞麦；
夏天晚上人们在那里谈天、乘凉，甚至争吵，
冬天早晨在那里解开衣服找虱子、晒太阳；
假如一头牛从山崖跌下，它就成了屠场。

我想起乡村里那些简陋的房屋——
它们紧紧地挨挤着，好像冬天寒冷的人们，
它们被柴烟熏成乌黑，到处挂满了尘埃，
里面充溢着女人的叱骂和小孩的啼哭；
屋檐下悬挂着向日葵和萝卜的种子，
和成串的焦红的辣椒，枯黄的干菜；
小小的窗子凝望着村外的道路，
看着山峦以及远处山脚下的村落。

我想起乡村里最老的老人——
他的须发灰白，他的牙齿掉了，耳朵聋了，
手像紫荆藤紧紧地握着拐杖，
从市集回来的村民高声地和他谈着行情；
我想起乡村里最老的女人——
自从一次出嫁到这乡村，她就没有离开过，
她没有看见过帆船，更不必说火车、轮船，
她的子孙都死光了，她却很骄傲地活着。

我想起乡村里重压下的农夫——
他们的脸像松树一样发皱而阴郁，
他们的背被过重的挑担压成弓形，
他们的眼睛被失望与怨愤磨成混沌；
我想起这些农夫的忠厚的妻子——
她们贫血的脸像土地一样灰黄，
她们整天忙着磨谷、舂米，烧饭，喂猪，
一边纳鞋底一边把奶头塞进婴孩啼哭的嘴。

我想起乡村里的牧童们，

▽ 阅读导引

①诗人以一颗独特诗心，牵挂着下层人民的喜怒哀乐及生存状态。

②诗人在诗的结尾处，提出质问：家乡这样美丽，为什么人们那样贫穷？直接呼出"这是不合理的"，对当时的那个不公正的社会提出控诉和挑战，表达了诗人对一定会"从沉睡中起来"充满了信心。

▽ 批注·心得

想起用污手擦着眼睛的童养媳们，
想起没有土地没有耕牛的佃户们，
想起除了身体和衣服之外什么也没有的雇农们，
想起建造房屋的木匠们、石匠们、泥水匠们，
想起屠夫们、铁匠们、裁缝们，
想起所有这些被穷困所折磨的人们——
他们终年劳苦，从未得到应有的报酬。

我的诗献给乡村里一切不幸的人①——
无论到什么地方我都记起他们，
记起那些被山岭把他们和世界隔开的人，
他们的性格像野猪一样，沉默而凶猛，
他们长久地被蒙蔽，欺骗与愚弄；
每个脸上都隐蔽着不曾爆发的愤恨；
他们衣襟遮掩着的怀里歪插着尖长快利的刀子，
那藏在套里的刀锋，期待着复仇的来临。

我的诗献给生长我的小小的乡村——
卑微的，没有人注意的小小的乡村，
它像中国大地上的千百万的乡村。
它存在于我的心里，像母亲存在儿子心里。
纵然明丽的风光和污秽的生活形成了对照，
而自然的恩惠也不曾弥补了居民的贫穷，
这是不合理的：它应该有它和自然一致的和谐：
为了反抗欺骗与压榨，它将从沉睡中起来。②

一九四二年九月七日[1]

___

[1] 1941年艾青在周恩来的帮助下来到了革命圣地延安，在结束了流浪生活后，艾青满腔热情地投入到革命文学的创作中。他在这个时期写了关于家乡、怀念家乡亲人的诗歌。

◎ **点滴积累：**

仿照示例，用正楷字抄录下你喜欢的好词、金句或美段。

阅读卡片

分类：金句　　　　　　　　　　　　　　编号：1

你的歌声清新而委婉

圆润如花瓣上的新露

悦耳如情人的话语

给我这阴暗的房子

流注了草木的香气

和温柔如乳液的晨光

积累理由：诗人不惜笔墨细致地刻画，加上充分的联想，以有形体来体现无形体的鸫的歌声，使这首诗熠熠生辉。

阅读卡片

分类：_____（好词、金句、美段）　　编号：

_____

_____

积累理由：_____

_____

◎ **精读思考：**

1.在《水鸟》中，诗人没有对枪打水鸟事件作出评价，也没有对受伤的水鸟表示什么态度，对逃逸的水鸟更没说什么，只是着重刻画那只受伤的水鸟的痛苦。通过刻画，已使读者感觉到了那只水鸟的痛苦。那么请大家想想，这首诗想告诉读者什么？要引起读者什么思索呢？

2.比较《旷野》和《旷野》（又一章）在情绪上和表现手法上的异同。

五十年代

◎ 精读提示

在经历了三十年代末到四十年代中期的"艾青时代"之后，五十年代的艾青，遭遇了巨大的变故，其创作也因此而中断。即便如此，诗人在五十年代的创作也一如既往地歌颂人民，礼赞光明，思考人生。这一时期的诗歌，是勾勒诗人创作轨迹不可或缺的。

阅读本篇章 10 首诗歌，思考诗人五十年代的诗歌在内容上的变化。

给乌兰诺娃
——看芭蕾舞《小夜曲》后作

像云一样柔软，
像风一样轻，①
比月光更明亮，
比夜更宁静——
人体在太空里游行；

不是天上的仙女，
却是人间的女神，②
比梦更美，
比幻想更动人——
是劳动创造的结晶。

一九五三年

新的年代冒着风雪来了

新的年代冒着风雪来了，
大路上扬起了一阵笑声③……
他从烟火弥漫的前线来，
从岩石凿穿的坑道里来，
他的眼里有熬夜的血丝，
他的前额上刻上了皱纹；
敌人倾倒了成吨的钢铁，
但英雄的阵地④毫不动摇——
在纵深百里的阵地后面，
有着伟大的祖国和人民。
战斗的岁月又过了一年，
新的年代含着微笑来了
让我们乘着时间的列车
走上我们的新的路程；

▽ 阅读导引

①以自然界的风和云为喻，使读者形象地感受到舞姿的轻盈、柔软。
②第二节用"仙女""女神"的意象有什么用意？
③"风雪"一语双关，既指自然界的风雪，又指新的年代所面临的严峻形势。"笑声"以声写形、以声绘意，写出了人们面临严峻的形势不畏艰难、乐观进取的精神面貌。
④这里的"阵地"指的是什么？

▽ 批注·心得

📌 **阅读导引**

①诗歌虽长，却因"新的年代冒着风雪来了""新的年代含着微笑来了""新的年代带来新的礼物"三句，层次分明。

②此处的省略号可以换成感叹号吗？为什么？

③诗歌采用第三人称叙事，这种全知视角有很强的代入感，让读者随着诗句的展开，看到"年轻的母亲"的一举一动。

④体会这两句中"又"的表达效果。

🔖 **批注·心得**

無边的大地覆盖着白雪，
静静地静静地等待春天，
当铁犁犁翻松软的土地，
原野将变成绿色的大海；
我们的道路多么宽阔，
通向新的城市和乡村，
自然正在改变着面貌，
到处都出现新的工程，
密密的钢骨织成大网，
不久将是无数新的工厂。
新的年代带来新的礼物①，
这礼物就是新的希望：
我们要坚守每一个阵地，
像那上甘岭的英雄一样，
让我们的意志变成花岗岩，
把敌人打得跪在我们面前；
不要辜负这个伟大的时代，
这是一个英雄辈出的时代；
不要辜负我们伟大的祖国，
我们都是她的光荣的子民——
让我们胜利接连着胜利，
让我们永远在胜利中前进……②

一九五四年

年轻的母亲

自从她③上了飞机
就一刻也不休息

打开襁褓又包好
抱起婴儿又放下④
嘴里在自言自语

好像和婴儿对话

这婴儿实在可爱
粉红脸像玫瑰花
那四肢又短又胖
嘴里还没有长牙

注视着这新的生命
她脸上有骄傲的光
用粗壮的臂膀抱着
柔软的吻印在脸上①

最美是母性的眼睛
有不可侵犯的庄严
那感情是这样固执
嘴唇抿成一条红线

看她才二十多岁
却一点也不修饰
把头发随便一拢
穿一件宽大袍子

【俯着身子也不嫌累
连眼眶都陷进去了
有时张着嘴打呵欠
但她的脸依然在笑】②

一九五四年七月三日晨
从莫斯科到布拉格的飞机上

▽ 阅读导引

①"粗壮的臂膀"是一种"力"的体现，是母爱的力量；"柔软的吻"是"柔"的表现，是母爱的温柔。这样在"力"与"柔"的对比中，进一步表现了这位年轻母亲的爱。

②有人说艾青的诗歌有"母性崇拜"，你还能说出他的诗歌中其他母亲形象吗？

▽ 批注·心得

▽ 阅读导引

①读完全诗后，说说礁石的象征意义。

②"扑"字，仅一个动词就写出了海浪之猛，破坏力之大，侧面写出了礁石的坚强。

③"绿色的纸条""红色的纸条"既点题，又从视觉上给读者带来冲击感，渲染一种欢快的氛围。

④注意诗歌里"树林"一词多次出现，不仅交代了联欢晚会的地点，还渲染了一种充满青春活力的氛围。

▽ 批注·心得

礁 石①

一个浪，一个浪，
无休止地扑②过来，
每一个浪都在它脚下
被打成碎沫、散开……

它的脸上和身上
像刀砍过的一样
但它依然站在那里
含着微笑，看着海洋……

一九五四年七月二十五日

写在彩色纸条上的诗
——为年轻的人们而写，记苏联第十三届青年联欢晚会

一

绿色的纸条给你
红色的纸条③给我
让我们拴在一起
唱一个快乐的歌

到那边树林④里去吧
在树林里有野火
光从树叶里射出来
里面有人在唱歌

那歌声呀实在美
像一条林间的小河
它永远也唱不完

流注着无限的欢乐

二

你的鼻子像百合
你的嘴唇像花瓣①
请摘下绸制的假面
让我看看你的眼睛
眼睛是灵魂的窗子
从它们看见你的心
你的眼睛是纯朴的
你有一颗纯朴的心

三

【 你有你的依林娜
我有我的娜塔莎
你们要到河边去
而我们却更爱树林 】②

我们游憩在树林里
生活比传说更美丽
蓝色的灯、红色的灯
使树林充满了神秘

四

让我和你跳一个舞
跳一个像风一样轻的舞
跳一个使裙子旋转的舞③
跳一个青春的舞、热烈的舞

明天，当太阳上升的时候
我们将穿过露水的草地
你进你的课堂
我进我的工厂

▽ **阅读导引**

①以"百合""花瓣"为喻，突出了"你"的哪些特点？

②这节诗歌，用"你有你的""我有我的""你们要""而我们"的形式开头，使诗句与诗句之间形成一种整齐而有变化的形式，营造了一种回环的意蕴，让诗意更深沉。

③这与《给乌兰诺娃——看芭蕾舞〈小夜曲〉后作》中的哪两句有异曲同工之妙？

▽ **批注·心得**

_____
_____
_____
_____
_____
_____
_____
_____
_____
_____
_____
_____

▽ 阅读导引

　　①第五部分点明诗歌主旨，歌颂和平。

　　②此句用通感的手法，写出了诗人对空气独特的感觉。

　　③这部分诗有比较完整的故事情节，叙写了王爷抢马、炫耀马、摔下马、射死马的过程。

▽ 批注·心得

_____

_____

_____

_____

_____

_____

_____

_____

_____

_____

_____

_____

五①

和平像一片蓝天
和平像一片绿茵
而时间啊是蜜酒
我们是喝蜜酒的人

和平是你的
也是我的
是我们大家的
谁也不能碰的

六

欢乐不是钱买的
欢乐坐着智慧的小艇
现在我们是在河里
我们在欢乐中前进

莫斯科的秋天多么美
秋天的夜晚更是迷人
树枝投下了最初的落叶
空气像是冰镇过的果汁②

　　　　　　一九五四年八月二十八日晚　莫斯科

马头琴[1]

一③

年轻的牧民

---

[1]马头琴：蒙古族弦乐器。琴身木制，长约一米，有两根弦。共鸣箱呈梯形，马皮蒙面。相传有一牧人怀念死去的小马，取其腿骨为柱，头骨为筒，尾毛为弓弦，制成二弦琴，并按小马的模样雕刻了一个马头装在琴柄的顶部，因此而得名。

为什么伤心？
王爷抢去他的马
他又挨了毒打

王爷摆起了酒席
请来了许多客人
得到了一匹好马
赛过和仙女成亲

等酒都喝完了
要骑马给客人看
王爷府的门前
是无边的大草原

王爷跨上了马鞍
两腿在马肚上一夹
马高高地跳起来
把王爷从背上摔下

王爷愤怒了，咬着牙：
"追不到就射死它！"
四个仆人举起弓箭
一齐朝马来打靶

二①

马淋着血
回到牧民面前
牧民流着泪
拔出了四根箭
马死了，躺在地上
牧民昏了，躺在马身上

牧民梦见他的马②
他的马对他说：

阅读导引

　　①诗歌民歌般的叙事风格，让你想起了哪些古代叙事诗？

　　②诗歌层次分明，分别写了启明星给人们带来光明的信息、启明星迎接光明、启明星投身于光明的行列。

批注·心得

"你待我一向很好
我死了，没有把恩报
我愿和你在一起
永远也不分离
请把我的头割下
放在你的琴上

"再用我的皮
绷你的琴壶
用我的尾鬃
做你的琴弦

"我和你一起流浪
我和你一起歌唱
你悲哀的时候
我也悲哀
你高兴的时候
我也高兴……"

牧民满怀仇恨
做了一个马头琴

他在草原上流浪
抱着琴像抱着爱人
无论到什么地方
都发出悲哀的声音①

一九五六年

启明星②

属于你的是
光明与黑暗交替

黑夜逃遁
白日追踪而至的时刻①

群星已经退隐
你依然站在那儿
期待着太阳上升

被最初的晨光照射
投身在光明的行列
直到谁也不再看见你②

一九五六年八月

鸽　哨

北方的晴天③
辽阔的一片
我爱它的颜色
比海水更蓝

【多么想飞翔
在高空回旋
发出醉人的呼啸
声音越传越远……】④

要是有人能领会
这悠扬的旋律
他将更爱这蓝色
——北方的晴天

一九五六年

◇ 阅读导引

①"逃遁""追踪"两个动词，把不可见的时光形象化，拟人化，一"逃"一"追"，极有戏剧色彩。
②采用第二人称，表达了诗人对启明星直接的赞美。
③"北方的晴天"是鸽哨响起的背景。
④第一节侧重从视觉角度来描绘画面，第二节又从哪个角度写鸽哨？有什么好处？

▽ 批注·心得

▽ 阅读导引

①阅读时注意体会诗歌营造的静谧氛围。

②说说"低低的歌声""小小的头"两句中叠词运用的作用。

③"夏天的小孩"充满童真、自由自在，是美好与自由的化身，诗人把"夏天的小孩"描写得越清晰，越能表达对自由、纯真的向往之情。

▽ 批注·心得

_____

_____

_____

_____

_____

_____

_____

_____

_____

_____

_____

下雪的早晨

雪下着，下着，没有声音，
雪下着，下着，一刻不停，
洁白的雪，盖满了院子，
洁白的雪，盖满了屋顶，
整个世界多么静，多么静①。

看着雪花在飘飞，
我想得很远，很远，
想起夏天的树林，
树林里的早晨，
到处都是露水，
太阳刚刚上升，
一个小孩，赤着脚，
从晨光里走来，
他的脸像一朵鲜花。

他的嘴发出低低的歌声，
他的小手拿着一根竹竿，
他仰起小小的头，②
那双发亮的眼睛，
透过浓密的树叶
在寻找知了的声音……

【他的另一只小手，
提了一串绿色的东西，
——一根很长的狗尾草，
结了蚂蚱、金甲虫和蜻蜓，
这一切啊，
我都记得很清。】③

我们很久没有到树林里去了，
那儿早已铺满了落叶，

也不会有什么人影；
但我一直都记着那个小孩，
和他的很轻很轻的歌声，
此刻，他不知在哪间小屋里。

看着不停地飘飞着的雪花，
或许想到树林里去抛雪球，
或许想到湖上去滑冰，
他决不会知道
有一个人想着他，
就在这个下雪的早晨。

一九五六年十一月十七日

帐　篷①

哪儿需要我们，
就在哪儿住下，
一个个帐篷，
是我们流动的家；

荒原最早的住户，
野地最早的人家，
我们到了哪儿，
就激起了喧哗②；

探索大地的秘密，
要把宝藏开发，
架大桥、修铁路
盖起高楼大厦；

任凭风吹雨打，
我们爱自己的家，

阅读导引

①诗歌以"帐篷"为题，实际赞美的却是人。读完全诗，说说诗人赞美了哪些人。

②"激起了喧哗"，用语新奇，写出了拓荒者开荒建园的热闹场景。

批注·心得

▽ 阅读导引

　　① "荒凉"与"繁华"形成对比，突出了劳动者的成果，对劳动者的赞美之情暗含其中。

▽ 批注·心得

它是这样锐敏
反映祖国的变化；

换一个工地
就搬一次家，
带走的是荒凉，
留下的是繁华。①

一九五八年

◎ 点滴积累：

仿照示例，用正楷字抄录下你喜欢的好词、金句或美段。

阅读卡片

分类：金句   编号：1

无边的大地覆盖着白雪，静静地静静地等待春天，当铁犁犁翻松软的土地，原野将变成绿色的大海。

积累理由：诗句让读者产生联想，在脑海里展开一幅广阔的画卷。这画卷里有无边的原野，原野被茫茫白雪覆盖，雪原上一片宁静。春天来临，冰雪消融。画卷里出现了一个特定镜头——泛着光芒的铁犁，镜头近了，那铁犁之下翻动的是黑黑的沃土。这时，诗人又带领我们变换视线，由近到远，入眼的又是又一广阔的画卷，那是绿色的大地，是绿色的海洋，是春回大地的生机与喜悦啊。

阅读卡片

分类：＿＿＿＿＿（好词、金句、美段）   编号：

＿＿＿＿＿＿＿＿＿＿＿＿＿＿＿＿＿＿＿＿＿＿＿＿＿

＿＿＿＿＿＿＿＿＿＿＿＿＿＿＿＿＿＿＿＿＿＿＿＿＿

积累理由：＿＿＿＿＿＿＿＿＿＿＿＿＿＿＿＿＿＿＿＿

＿＿＿＿＿＿＿＿＿＿＿＿＿＿＿＿＿＿＿＿＿＿＿＿＿

◎ 精读思考：

1.本章节 10 首诗歌反映了哪些社会生活？

2.朗诵《给乌兰诺娃——看芭蕾舞〈小夜曲〉后作》，然后赏析诗歌第一节。

七十年代

◎ 精读提示

  1978 年艾青重返文坛。二十年的磨难，没有令诗人沉寂，反而成就了诗人诗歌创作的另一个高峰，这一现象被称为"诗人归来"。此时，诗人的诗歌创作内容更为广泛，思想更为浑厚，情感更为深沉，手法更为多样。如《鱼化石》，写鱼化石裹身岩层，重见天日，却没有了活力，看不见碧浪。诗人由此引发出对生命本质的思考："离开了运动，没有了生命。"又如《镜子》，写镜子"是一个平面，却又深不可测"，因为它真实、直率，从不掩饰，所以"有人喜欢它""有人躲避它"。这样的哲理小诗，通过镜像来反观人生，充满哲理，饶有兴味。这一时期的诗人，仍然继续歌颂光明的主旋律，写了长诗《光的赞歌》，阅读时要注意体会这首诗歌的哲思。

鱼化石

【动作多么活泼
精力多么旺盛，
在浪花里跳跃，
在大海里浮沉；】①

【不幸遇到火山爆发，
也可能是地震
你失去了自由，
被埋进了灰尘；】②

过了多少亿年，
地质勘探队员，
在岩层里发现你
依然栩栩如生。

但③你是沉默的，
连叹息也没有，
鳞和鳍都完整，
却不能动弹；

你绝对的静止，
对外界毫无反应，
看不见天和水，
听不见浪花的声音。

凝视着一片化石，
傻瓜也得到教训：
离开了运动，
就没有生命。

【活着就要斗争，
在斗争中前进，

▽ 阅读导引

①阅读诗歌时体会诗歌分节匀齐、诗句和谐的特点。

②诗人曾失去创作的权利，就如同那条曾经自由自在的鱼被突如其来的意外埋进灰尘。

③用心体会"但"字转折之妙。

▽ 批注·心得

▽ 阅读导引

　　①诗歌以对话的形式展开，赋予了诗歌叙事性与戏剧性，让"伞"的精神在对话中得以体现。

　　②在此处给"伞说"的"说"添加一个恰当的修饰词，你会选用哪个词语？说说你的理由。

　　③诗歌通过"平面""最爱真实""忠于寻找它的人"等寥寥几行，刻画出镜子公正、无私的形象。

▽ 批注·心得

_____

_____

_____

_____

_____

_____

_____

_____

_____

即使死亡，
能量也要发挥干净。】

一九七八年

伞

早上，我问伞[①]：
"你喜欢太阳晒
还是喜欢雨淋？"

伞笑了，它说：
"我考虑的不是这些。"

我追问它：
"你考虑些什么？"

伞说[②]：
"我想的是——
雨天，不让大家衣服淋湿；
晴天，我是大家头上的云。"

一九七八年

镜　子

仅只是一个平面
却又是深不可测

它最爱真实
决不隐瞒缺点

它忠于寻找它的人[③]
谁都从它发现自己

或是醉后酡颜
或是鬓如霜雪

【有人喜欢它
因为自己美

有人躲避它
因为它直率

甚至会有人
恨不得把它打碎】①

一九七八年

光的赞歌②

一③

每个人的一生
不论聪明还是愚蠢
不论幸福还是不幸
只要他一离开母体
就睁着眼睛追求光明

世界要是没有光
等于人没有眼睛
航海的没有罗盘
打枪的没有准星
不知道路边有毒蛇
不知道前面有陷阱

世界要是没有光
也就没有杨花飞絮的春天
也就没有百花争妍的夏天

▽ **阅读导引**

①同是镜子，为什么不同的人会对它有不同的态度？

②这首诗歌是诗人对社会、人生、历史，以及自己的一生全面而深入的思考，阅读时注意体会。

③这一节从反面来说明光的重要性。

▽ **批注·心得**

也就没有金果满园的秋天
也就没有大雪纷飞的冬天

世界要是没有光
看不见奔腾不息的江河
看不见连绵千里的森林
看不见容易激动的大海
看不见像老人似的雪山
要是我们什么也看不见
我们对世界还有什么留念

一①

只是因为有了光
我们的大千世界
才显得绚丽多彩
人间也显得可爱

光给我们以智慧
光给我们以想象
光给我们以热情
创造出不朽的形象

那些殿堂多么雄伟
里面更是金碧辉煌
那些感人肺腑的诗篇
谁读了能不热泪盈眶

那些最高明的雕刻家
使冰冷的大理石有了体温
那些最出色的画家
描出色授魂与的眼睛

比风更轻的舞蹈
珍珠般圆润的歌声

火的热情、水晶的坚贞
艺术离开光就没有生命
山野的篝火是美的
港湾的灯塔是美的
夏夜的繁星是美的
庆祝胜利的焰火是美的
一切的美都和光在一起①

三

这是多么奇妙②的物质
没有重量而色如黄金
它可望而不可即
漫游世界而无体形
具有睿智而谦卑
它与美相依为命

诞生于撞击和摩擦
来源于燃烧和消亡的过程③
来源于火、来源于电
来源于永远燃烧的太阳

【太阳啊，我们最大的光源
它从亿万万里以外的高空
向我们居住的地方输送热量
使我们这里滋长了万物
万物都对它表示景仰
因为它是永不消失的光】④

真是不可捉摸的物质——
不是固体、不是液体、不是气体
来无踪、去无影、浩渺无边
从不喧嚣、随遇而安
有力量而不剑拔弩张
它是无声的威严

阅读导引

①缺少了光，也就失去了美。
②"奇妙"一词，写出了诗人对光的赞美之情。
③"撞击""摩擦""燃烧""消亡"等词揭示了光的产生。
④人类的生存依赖于光。

批注·心得

▽ 阅读导引

①诗人赋予光无私的品质,为下面光的象征意味作铺垫。

②从本诗节起诗人把自然之光引向社会之"光",阅读时要注意体会。

③"所有"一词对一切害怕光、制造黑暗的人和势力进行了抨击。

▽ 批注·心得

【它是伟大的存在
它因富足而能慷慨
胸怀坦荡、性格开朗
只知放射、不求报偿
大公无私、照耀四方】①

四

但是有人害怕光②
有人对光满怀仇恨
因为光所发出的针芒
刺痛了他们自私的眼睛

历史上的所有暴君③
各个朝代的奸臣
一切贪婪无厌的人
为了偷窃财富、垄断财富
千方百计想把光监禁
因为光能使人觉醒

凡是压迫人的人
都希望别人无能
无能到了不敢吭声
让他们把自己当作神明

凡是剥削人的人
都希望别人愚蠢
愚蠢到了不会计算
一加一等于几也闹不清

他们要的是奴隶
是会说话的工具
他们只要驯服的牲口
他们害怕有意志的人

他们想把火扑灭
在无边的黑暗里
在岩石所砌的城堡里
永远维持血腥的统治

他们占有权力的宝座
一手是勋章、一手是皮鞭
一边是金钱、一边是锁链
进行着可耻的政治交易
完了就举行妖魔的舞会
和血淋淋的人肉的欢宴

回顾人类的历史①
曾经有多少年代
沉浸在苦难的深渊
黑暗凝固得像花岗岩
然而人间也有多少勇士
用头颅去撞开地狱的铁门

【光荣属于奋不顾身的人
光荣属于前赴后继的人】②

【暴风雨中的雷声特别响
乌云深处的闪电特别亮
只有通过漫长的黑夜
才能喷涌出火红的太阳】③

五

愚昧就是黑暗
智慧就是光明
人类从愚昧中过来
那最先去盗取火的人
是最早出现的英雄
他不怕守火的鹫鹰

▽ 阅读导引

①人类的历史就是在不断追求光明的过程中前行的历史。
②两句诗独立成节，热情地赞颂那些追求"光"的战斗者。
③诗人从历史的河流中，得出真知：任何黑暗势力都挡不住光明。

▽ 批注·心得

要啄掉他的眼睛
他也不怕天帝的愤怒
和轰击他的雷霆
于是光不再被垄断
从此光流传到人间

我们告别了刀耕火种
蒸汽机带来了工业革命
从核物理诞生了原子弹
如今像放鸽子似的
放出了地球卫星……
光把我们带进了一个
　　光怪陆离的世界：
X 光，照见了动物的内脏
激光，刺穿优质钢板
光学望远镜，追踪星际物质
电子计算机
　　把我们推向了二十一世纪

然而，比一切都更宝贵的
是我们自己的锐利的目光
是我们先哲的智慧的光
这种光洞察一切、预见一切
可以透过肉体的躯壳
看见人的灵魂

看见一切事物的底蕴
一切事物内在的规律
一切运动中的变化
一切变化中的运动
一切的成长和消亡
就连静静的喜马拉雅山
也在缓慢地继续上升

认识没有地平线
地平线只能存在于停止前进的地方
而认识却永无止境
人类在追踪客观世界中
留下了自己的脚印

实践是认识的阶梯
科学沿着实践前进
在前进的道路上
要砸开一层层的封锁
要挣断一条条的铁链
真理只能从实践中得以永生

六①

光从不可估量的高空
俯视着人类历史的长河
我们从周口店到天安门
像滚滚的波涛在翻腾
不知穿过了多少的险滩和暗礁
我们乘坐的是永不沉没的船
从天际投下的光始终照引着我们……

我们从千万次的蒙蔽中觉醒
我们从千万种的愚弄中学得了聪明
统一中有矛盾、前进中有逆转
运动中有阻力、革命中有背叛

甚至光中也有暗
甚至暗中也有光②
不少丑恶与无耻
隐藏在光的下面
毒蛇、老鼠、臭虫、蝎子
和许多种类的粉蝶——
她们都是孵化害虫的母亲

▽ 阅读导引

　①光明引领我们前行。
　②诗人在歌颂光明时并不回避现实中的黑暗。

▽ 批注·心得

我们生活着随时都要警惕
看不见的敌人在窥伺着我们
然而我们的信念
像光一样坚强——
经过了多少浩劫之后
穿过了漫长的黑夜
人类的前途无限光明、永远光明

七

每一个人都是一个生命
人世银河星云中的一粒微尘
每一粒微尘都有自己的能量
无数的微尘汇集成一片光明
每一个人既是独立的
而又互相照耀
在互相照耀中不停地运转
和地球一同在太空中运转
我们在运转中燃烧
我们的生命就是燃烧
我们在自己的时代
应该像节日的焰火
带着欢呼射向高空
然后迸发出璀璨的光

即使我们是一支蜡烛
也应该"蜡炬成灰泪始干"
即使我们只是一根火柴
也要在关键时刻有一次闪耀
即使我们死后尸骨都腐烂了
也要变成磷火在荒野中燃烧

八

作为一个微不足道的人
天文学数字中的一粒微尘

即使生命像露水一样短暂
即使是恒河岸边的一粒细沙
也能反映出比本身更大的光
我也曾经用嘶哑的喉咙歌唱[①]
在不自由的岁月里我歌唱自由
我是被压迫的民族，我歌唱解放
在这个茫茫的世界上
为被凌辱的人们歌唱
为受欺压的人们歌唱
我歌唱抗争，歌唱革命
在黑夜把希望寄托给黎明
在胜利的欢欣中歌唱太阳

我是大火中的一点火星[②]
趁生命之火没有熄灭
我投入火的队伍、光的队伍
把"一"和"无数"融合在一起
为真理而斗争
和在斗争中前进的人民一同前进
我永远歌颂光明
光明是属于人民的
未来是属于人民的
任何财富都是人民的
和光在一起前进
和光在一起胜利
胜利是属于人民的
和人民在一起所向无敌

九[③]

我们的祖先是光荣的
他们为我们开辟了道路
沿途留下了深深的足迹
每一足迹里都有血迹

▽ **阅读导引**

　　① "新的长征"指的
是什么？

▽ **批注·心得**

现在我们正开始新的长征①
这个长征不只是二万五千里的路程
我们要逾越的也不只是十万大山
我们要攀登的也不只是千里岷山
我们要夺取的也不只是金沙江、大渡河
我们要抢渡的是更多更险的渡口
我们在攀登中将要遇到
　更大的风雪、更多的冰川……

但是光在召唤我们前进
光在鼓舞我们、激励我们
光给我们送来了新时代的黎明
我们的人民从四面八方高歌猛进

让信心和勇敢伴随着我们
武装我们的是最美好的理想
我们是和最先进的阶级在一起
我们的心胸燃烧着希望
我们前进的道路铺满阳光

让我们的每个日子
　都像飞轮似的旋转起来
让我们的生命发出最大的能量
让我们像从地核里释放出来似的
　　极大地撑开光的翅膀
　　在无限广的宇宙中飞翔

让我们以最高的速度飞翔吧
让我们以大无畏的精神飞翔吧
让我们从今天出发飞向明天
让我们把每个日子都当作新的起点

或许有一天，总有一天
我们这个古老的民族

我们最勇敢的阶级
将接受光的邀请
去叩开千万重紧闭的大门
访问我们所有的芳邻

让我们从地球出发
飞向太阳……

一九七八年八月—十二月

◎ **点滴积累**：

仿照示例，用正楷字抄录下你喜欢的好词、金句或美段。

阅读卡片

分类：金句　　　　　　　　　　　　　　　　　　编号：1

凝视着一片化石，傻瓜也得到教训：离开了运动，就没有生命。

积累理由：鱼化石没有了活力，没有了叹息，听不见浪花，看不见蓝天碧水。诗人由此引发出对生命本质的思考："离开了运动，就没有生命。"

阅读卡片

分类：＿＿＿＿＿＿＿（好词、金句、美段）　　　　编号：

＿＿＿＿＿＿＿＿＿＿＿＿＿＿＿＿＿＿＿＿＿＿＿＿＿＿＿

＿＿＿＿＿＿＿＿＿＿＿＿＿＿＿＿＿＿＿＿＿＿＿＿＿＿＿

积累理由：＿＿＿＿＿＿＿＿＿＿＿＿＿＿＿＿＿＿＿＿＿＿

＿＿＿＿＿＿＿＿＿＿＿＿＿＿＿＿＿＿＿＿＿＿＿＿＿＿＿

◎ **精读思考**：

1.《鱼化石》《伞》《镜子》《光的赞歌》四首诗歌都运用了象征的手法，这样写有怎样的作用？诗人分别赋予了其怎样的象征意义？

2. 对光明的追求与礼赞是艾青诗歌一个不变的主题，你能说出诗人在不同时期歌颂光明的诗歌吗？

研究型学习

　　艾青是中国新诗史上产生过重要影响、具有独特风格的现实主义诗人，是继郭沫若、闻一多之后推动一代诗风的重要诗人，也是 20 世纪中国诗歌中最有力的、以现代目光重新感受和想象了中国大地的苦难与希望的诗人。艾青又是现代新诗发展的集大成者。他的诗歌始终关注着本民族的前途和命运，同时把眼光延伸到整个人类的前途和命运，显示了诗人的博大胸襟和宏大的艺术视野。

　　从在丁玲主编的《北斗》上发表新诗《会合》至 1941 年 3 月从重庆奔赴延安，是艾青诗歌创作的早期阶段。

　　那怎么研读呢？我们可以按照下面的内容来完成对艾青早期诗歌的研读。

专题一　研读艾青早期诗歌的现实主义和爱国热情

　　现实主义是中国新诗中最早形成的一股诗潮。艾青发表于 1934 年 5 月的《大堰河——我的保姆》，以伤感和怨愤的调子歌颂了用乳汁养育自己的贫穷农妇，向不公道的世界发出了强烈的咒语。这首诗震动了诗坛，成为诗人的成名作，从此"艾青"的名字进入了我国现代诗歌史。

示例

大堰河，今天，你的乳儿是在狱里，

写着一首呈给你的赞美诗，

呈给你黄土下紫色的灵魂，

呈给你拥抱过我的直伸着的手，

呈给你吻过我的唇，

呈给你泥黑的温柔的脸颜，

呈给你养育了我的乳房，

呈给你的儿子们，我的兄弟们，

呈给大地上一切的，

我的大堰河般的保姆和她们的儿子，

呈给爱我如爱她自己的儿子般的大堰河。

（《大堰河——我的保姆》）

幼年时代缺乏父母亲情的冷漠凄清，少年时漂泊异乡的辛酸孤苦，青年时囚徒生涯的悲愤伤感以及人世间的苦难不平，对中华民族生存危机的深深忧虑，这一切自然而然地倾注在他血泪凝成的诗句中。在这首带有自叙传记性的长诗中，艾青用丰厚的感情、朴实的口语、大量的排比、细腻的笔触、形象的语言，凄楚地叙写了自己的身世经历，并怀着虔诚而深切的情感，回忆了自己深爱的乳母"大堰河"生前的凄苦和死后的悲凉，艾青成了家庭与时代的叛逆者。他把这首诗呈给乳母也是呈给自己家庭所属的地主阶级以及整个不公道的现实社会，充满了强烈的不满与诅咒。

艾青的诗歌作品始终是那"伟大而独特时代"的产物。感受时代的脉搏，倾听时代的呼声，紧跟时代的步伐，把个人的悲欢与时代的悲欢紧密地结合在一起，鲜明有力地传达出时代的呼唤和人民的声音，表现自己对社会现实的真切认识，是艾青早期现实主义诗歌的基本内容。艾青早期创作的一系列激荡着读者心灵的作品，挟着对现实社会的深切关注、对光明理想的不懈追求以及甘愿为祖国献身的殉道精神滚滚而来，令生活在苦难的中国大地上的爱国主义读者产生了强烈共鸣。

◎ 演练场

阅读艾青早期诗歌作品《死地——为川灾而作》《煤的对话——A Y.R.》《生命》等，仿照示例，研读艾青早期诗歌中呈现的现实主义情感和爱国主义情怀。

专题二　研读艾青早期诗歌的历史感和民族忧患感

　　艾青早期的诗歌创作，一方面继承了从新文学之始对中国现实及其命运的追问，另一方面将这一追问延伸到了纵深处。阅读艾青的诗作，常常相伴而来的是感动、伤痛、沉重等交织在一起的复杂情绪。

示例

　　他哀叹中国现实的凄惨、黑暗："雪落在中国的土地上，／寒冷在封锁着中国呀……"（《雪落在中国的土地上》）

　　他忧虑危亡中民族的命运："旷野啊——／你将永远忧虑而容忍／不平而又缄默吗？"（《旷野》）

　　他赞美中国民众的宽厚、坚韧："在时代安排给我们的／——也是自己预定给自己的／生命之终极的日子里，／我们没有一个不是以圣洁的意志／准备着获取在战斗中死去的光荣啊！"（《吹号者》）……个人的痛苦与不幸被他融入民族的悲哀与时代的痛苦中，忧郁悲苦的调子倾吐的是整个民族灵魂的哀痛，这使他的诗作获得了丰厚的历史内涵。

　　丰厚的历史感和深厚的民族忧患感支撑起这位杰出的诗人的内心，诗人清醒地感知着时代的脉搏，从现实的事物中挖掘深层次的思维，注入自我的情感，再以可感的事物形象回到现实之中，并赋予它们与时代共鸣的无穷魅力和深邃的哲理。

　　艾青所生活的年代，是我们民族遭受苦难最深重、最残酷，又是反抗斗争最激烈、最悲壮的年代。然而，诗人并没有悲观绝望，他含泪的倾诉是为了惊醒苦难而沉睡的民族，他一再讴歌太阳、黎明、火把，写下一首首催人奋发、鼓舞斗志的光的赞歌。这使他早期的诗歌创作呈现出丰厚的历史感和深厚的民族忧患感。

◎ 演练场

　　研读艾青早期诗歌《太阳》《雪落在中国的土地上》《乞丐》中所采用的意象，体会诗歌以现实主义手法对生活作真实的艺术再现，融入了诗人怎样的主观感受，读出那充溢在诗歌中的丰厚的历史感和深厚的民族忧患感。

附录

艾青——笔耕的农夫，引吭的歌手

艾青，中国现代诗歌史上最具代表性的诗人之一。诗人牛汉认为，艾青的诗代表了一个时代；智利大诗人聂鲁达毫不掩饰对艾青的欣赏，称他是中国诗坛的泰斗。而艾青却谦逊地说，自己永远渴求着创作，每天像一个农夫似的在黎明之前醒来。在他看来，诗人写诗和农人耕种一样，是朴素而辛勤的劳作。

这个"旷野的儿子"出生于浙江金华一个叫畈田蒋的小村子。那时他还不是艾青，只是一个因克父克母而寄养在贫苦农妇家的小男孩——蒋海澄。儿时的小海澄并无天赋异禀之处，且在小升初的作文考试中交了白卷，以至于补习一年后才升入中学。他热衷画画，常常逃课去写生。他十八岁考入国立西湖艺术院，次年自费留学巴黎。在巴黎由于资费短缺，买不起颜料，更进不了艺术学院，他只能出入于门票低廉的画室。落魄彷徨的艾青常去书店蹭书读，读到许多文学大家的作品，并深受比利时诗人凡尔哈伦的影响，在此期间有了一些诗歌上的创作。这位二十岁出头的年轻人虽然画家梦破灭，但诗人的行程得以开启。

回国后，蒋海澄首次以笔名"艾青"发表长诗《大堰河——我的保姆》。从此，"艾青"这一名字在中国现代诗歌领域大放异彩。在动荡不安的年代，诗人先后经历了牢狱之灾、战乱流亡、十年浩劫，但他对祖国和人民一直怀着赤诚的热爱。艾青始终以农民的儿子自诩，笔耕不辍；以时代歌手的姿态，深情地为脚下的热土而歌，为民族为人民而歌。他的诗作着力反映国家与民众苦难的命运，突出表现对光明的向往，发人深思，令人鼓舞。

名家解读

我爱这土地—— 痛悼恩师艾青

牛汉

假如我是一只鸟，
我也应该用嘶哑的喉咙歌唱：
这被暴风雨所打击着的土地，
这永远汹涌着我们的悲愤的河流，
这无止息地吹刮着的激怒的风，
和那来自林间的无比温柔的黎明……
——然后我死了，
连羽毛也腐烂在土地里面。

为什么我的眼里常含泪水？
因为我对这土地爱得深沉……

半个多世纪以来，这十行诗，在多灾多难的中国和多灾多难的全世界，不知深深地感动过多少读者的心灵，这是因为它的每个字都饱含着热爱土地的真情和泪水。我当年和后来的几十年不止吟读过几十几百次，每读一次都禁不住要流泪。但是，最初我并没有真正地理解它的深沉而隽智的全部情绪内涵。当年的艾青为什么会在歌声激扬、热火朝天的武汉，写了这么一首带有沉重感的诗？记得当时就有论者不无遗憾地批评过艾青的这种与时调不协调的"忧郁"。然而艾青对于他在抗日战争初期写的包括《我爱这土地》在内的许多诗篇，却是如此恳切地诉说的："这集子（指诗集《北方》）是我抗日战争后所写的诗作的一部分，在今日，如果能由它而激起一点民族的哀感、不平、愤懑和对于土地的眷念之情，该是我的快乐吧。"

回想起来，多年来，我读《我爱这土地》感受到的主要是一种神圣的"哀感"，而对艾青所说的"不平"与"愤懑"并没有认真思考和思虑过。直到最近十几年来，愚钝的我才渐渐悟出诗中的一些更为深厚更为冷峻的、使艾青流泪的沉痛的原因。是的，诗的基调绝对充满了高尚的爱国主义的情操，但是如果深入诗人的年轻而敏感的灵魂，以及当年的历史情境，就会感知"不平"和"愤懑"并非诗人无缘无故地遣用的两个词语。诗人显然看到了抗日阵营内部的消极的阴暗的东西，在长诗《向太阳》里诗人已经有所抨击。而这首纯情的十行诗，更为集中地抒发了这种"民族的哀感"。我以为它决不是小诗,而是蒸发着血气的真正具有永恒意义的一首大诗。在当年,只有智勇的艾青,才率真地从清醒而热忱的心胸喷涌出自己一腔的血泪,让经受了长期战乱和灾难的中国人民更清醒而坚决地投入战斗。诗人的心灵是纯正而博大的。

我在前几年写的一篇文章里,对艾青的忧郁和哀伤作了如下的评述:

他(指艾青)并不喜欢"忧郁",他希望忧郁早点结束。在全面抗战之初的那两年(1937—1938),艾青写的诗还带着一些过去的哀伤,这不能仅仅被看作是他个人的,而是与整个民族的苦难历史不可分割的。这种民族的哀感和愤懑以及对土地的眷恋之情,不但不是消沉的,而且更能激起一个哀伤的民族渴求解放的意志……只有多年被凌辱欺压的民族才懂得哀伤、忧郁与愤懑也能成为号召和力量,能把苦难喊出来是最幸福的事。

《我爱这土地》这首永远激励着一个在哀伤中战斗的民族的信心的诗篇,不仅显现出诗人个人美好高尚的心灵,而且以如椽的巨笔挥写出了一颗民族的不泯的良心。它已经感动和激励过几代人了,它必定还会为我们的长远的后代子孙们所传诵和珍爱。我相信。我还以为这首诗真可以作为诗人的墓志铭,刻在一方朴素而精致的青石上,让诗人的心永远跳动在人世间。

写到这里,我突然地回忆起一段往事。我觉得似乎可以作为解读《我爱这土地》的又一个说明。1978年夏天,我因痔疾手术后在家休养,想不到艾青和蔡其矫冒着暑热来到复兴门外我的住所看我。艾青看了我在病床上整理的"五七干校"时写的三五首诗稿,看得很仔细,还吟读出了声音,他为我改正了几个别字(我常写别字和不规范的字)。我那时的诗,情调很沉重,发泄了不少的愤懑。记得艾青问我:"牛汉,你说,你这许多年的最大的能耐是什么?"我不假思索就回答道:"能承受灾难和痛苦,并且在灾难和痛苦中做着遥远的美梦。"艾青显然有点欣赏我的回答,他一脸的严肃,望着我的眼睛说:"如果有谁问我这个问题,我也会这么回答。"艾青沉吟片刻,接着说:"一个人,一个诗人,如若不做梦,没有美梦,这个人的一生一定可以平平庸庸、顺顺当当地活着。如若在灾难和痛苦中还能做美梦,他肯定是个真诚而勇敢的人。"(大意不会错)那天,我真的看见艾青眼睛里涌出了泪水。并没有流出来,但我看见了莹莹的泪的光芒。

这许多年,我每次吟读艾青的诗,总看见和感觉到他的诗的每一个字都噙着泪水。艾青眼里的泪水一生几乎都没有消失过,这决非软弱,更不是消沉,而是他诚实而坚强的性格的流露。由于他坚信人类美好的梦境必定会实现,他永远怀着希望和感激的心情,面向着未来,只是他企待得太殷切和痛苦了。

1996年5月7日清晨4时

(内容有删改)

推荐文章

诗的散文美

艾青

由欣赏韵文到欣赏散文是一种进步，而一个诗人写一首诗，用韵文写比用散文写要容易得多。但是一般人，却只能用韵文来当作诗，甚至喜欢用这种见解来鉴别诗与散文。这种见解只能由那些诗歌作法的作者用来满足那些天真的中学生而已。

有人写了很美的散文，即不知道那就是诗；也有人写了很丑的诗，却不知道那是最坏的散文。

我们嫌恶诗里面的那种丑陋的韵文，不管它是有韵与否；我们却酷爱诗里面的那种美好的散文，而它却常是首先就离弃了韵的羁绊的。

我们既然知道把那种以优美的散文完成的伟大作品一律称为诗篇，又怎能不轻蔑那种以丑陋的韵文写成的所谓“诗”的东西呢?

自从我们发现了韵文的虚伪，发现了韵文的人工气，发现了韵文的雕琢，我们就敌视了它；而当我们熟视了散文的不修饰的美，不需要涂抹脂粉的本色，充满了生的气息的健康，它就诱惑了我们。

天才的散文家，常是韵文的意识的破坏者。

我们喜欢惠特曼，凡尔哈伦，和其他许多现代诗人，我们喜爱《穿裤子的云》的作者，最大的原因当是由于他们把诗带到更新的领域，更高的境地。

因为，散文是先天的比韵文美。

口语是美的，它存在于人的日常生活里。它富有人间味。它使我们感到无比的亲切。

而口语是最散文的。

我在一家印刷厂的墙上，看见一个工友写给他同伴的一张通知：

安明

你记着那车子

这是美的。而写这通知的也该是天才的诗人。这语言是生活的，然而，却也是那么新鲜而单纯。这样的语言，能比上最好的诗篇里的最好的句子。

语言在我们的脑际萦绕最久的，也还是那些朴素的口语。（对于韵文的记忆，却是像对于某种条文的记忆，完全是强制而成的。）

我甚至还想得起，在一部影片里的几句无关重要的话，是一个要和爱人离别的男人说的：

不要当作是离别，只把我当作去寄信，或是去理发就好了。

这也是属于生活的，却也是最艺术的语言，诗是以这样的语言为生命，才能丰富的。

以如何最能表达形象的语言，就是诗的语言。称为"诗"的那文学样式，脚韵不能作为决定的因素，最主要的是在它是否有丰富的形象——任何好诗都是由于它所含有的形象而永垂不朽，却绝不会由于它有好的音韵。

散文的自由性，给文学的形象以表现的便利；而那样洗练的散文，崇高的散文，健康的或是柔美的散文之被用于诗人者，就因为它们是形象之表达的最完善的工具。

（选自艾青《诗论》，内容有删改）

阅读力测试

检测题（一）

（全卷五个大题，满分 100 分，测试时间 40 分钟）

一、填空题（每题 2 分，共 20 分）

1. "大堰河曾做了一个不能对人说的梦"，"大堰河，在她的梦没有做醒的时候已死了"，这里的前一个"梦"指的是＿＿＿＿＿＿＿＿，后一个"梦"指的是＿＿＿＿＿＿＿。

2. 《青色的池沼》中"一匹栗红色的马"指的是＿＿＿＿＿＿＿＿。

3. 《吹号者》中"然而，他的手／却依然紧紧地握着那号角"，运用＿＿＿＿＿＿描写，将人物的精神世界传神地表现了出来。

4. 《刈草的孩子》表达了诗人对孩子的＿＿＿＿＿＿之情。

5. 《篝火》中，迷人的晚景、跃动的＿＿＿＿＿＿反衬着乡野的宁静。

6. 诗句"带走的是荒凉，留下的是繁华"赞美的对象是＿＿＿＿＿＿。

7. 《启明星》中点明启明星光耀的时刻是"属于你的是＿＿＿＿＿＿＿＿＿／黑夜逃遁／白日追踪而至的时刻"。

8. 《下雪的早晨》"雪下着，下着，没有声音／雪下着，下着，一刻不停／洁白的雪，盖满了院子／洁白的雪，盖满了屋顶／整个世界多么静，多么静。"这一节里运用了＿＿＿＿＿的手法，描绘了静谧的画面。

9. 《鸽哨》"北方的晴天／辽阔的一片／我爱它的颜色／比海水更蓝"运用的抒情方式是＿＿＿＿＿＿。

10. "我想的是——／雨天，不让大家衣服淋湿／晴天，我是大家头上的云"出自艾青的诗歌《＿＿＿＿＿》。

二、选择题（每题 2 分，共 20 分）

1. 关于诗人艾青的评述，下面说法不正确的是（　　　）。
A. 吹芦笛的诗人　　　　　B. 最早走向世界的中国新诗人
C. 人民艺术家　　　　　　D. 中国诗坛泰斗

2. 下列对艾青诗歌的赏析，不恰当的一项是（　　　）。
A. 《土地》把土地比喻成会动的带子，化静为动，使土地充满了生命力。
B. 《雪落在中国的土地上》中"雪"的含义是下雪了，天气寒冷。

C.《我们的田地》通过写我们在田地上耕种收获，表达了对土地的热爱之情。

D.《当黎明穿上了白衣》开头描绘了色彩鲜明的美丽图画，营造出清新明朗的意境。

3. 下列艾青的诗中，属于写景抒情的是（　　　）。

A.《他死在第二次》　　B.《黄昏》　　　　C.《向太阳》　　　　D.《吹号者》

4.《我的父亲》中诗人怀着怎样的感情来写父亲？（　　　）

A. 感激　　　　　　B. 憎恨　　　　　　C. 批判　　　　　D. 害怕

5.《鞍鞯店》揭露反动派统治具有（　　　）。

A. 民主性　　　　　B. 自由性　　　　　C. 残忍性　　　　D. 欺骗性

6.《火把》的主人公是（　　　）。

A. 唐尼　克明　　　B. 李茵　克明　　　C. 游行者　　　　D. 李茵　唐尼

7. 下面诗歌不属于"诗人归来时代"作品的是（　　　）。

A.《鱼化石》　　　B.《帐篷》　　　　C.《镜子》　　　　D.《伞》

8. 从篇幅上看，下面诗歌与其他诗歌不同的一项是（　　　）。

A.《鱼化石》　　　　　　　　　　B.《伞》

C.《镜子》　　　　　　　　　　　D.《光的赞歌》

9. 从诗歌叙述的角度，下面诗歌与其他诗歌不同的一项是（　　　）。

A.《鱼化石》　　　　　　　　　　B.《伞》

C.《镜子》　　　　　　　　　　　D.《光的赞歌》

10. 下面不属于《光的赞歌》所歌颂的一项是（　　　）。

A. 四季之光　　　　　　　　　　B. 自然之光

C. 社会之光　　　　　　　　　　D. 科技之光

三、判断题（每题2分，共20分）

1.《向太阳》自始至终以第一人称的"我"（也就是作者本人）的情感作为全诗的主线。（　　　）

2. "我爱这悲哀的国土，古老的国土——这国土 / 养育了为我所爱的 / 世界上最艰苦 / 与最古老的种族。"是《北方》中的诗句。（　　　）

3.《山毛榉》是以山毛榉树来象征旧中国命运悲惨的农民。（　　　）

4.《鸫》中的鸫鸟在诗人屋外用沙哑的喉咙唱着悲伤的歌曲。（　　　）

5.《黎明的通知》中"黎明"象征革命的胜利。（　　　）

6.《高粱》中诗人兴奋地唱着快乐之歌。（　　　）

7.《鸽哨》诗篇虽短，却为读者描绘了辽阔蔚蓝的北方的晴天，表达了诗人对北方的爱。（　　　）

8.《下雪的早晨》诗人用画面叠加的方式刻画了一个充满童真的孩童形象。
（　　　）

9.《帐篷》是诗人写给新中国建设者的赞歌。（　　　　）

10.《新的年代冒着风雪来了》描绘的不仅仅是新时代的画卷，还描绘了战争年代的画卷。（　　　）

四、诗歌阅读理解（10分）

1.阅读诗歌，完成习题。（5分）

黎明的通知（节选）

艾青

为了我的祈愿
诗人啊，你起来吧

而且请你告诉他们
说他们所等待的已经要来

说我已踏着露水而来
已借着最后一颗星的照引而来

我从东方来
从汹涌着波涛的海上来

我将带光明给世界
又将带温暖给人类

借你正直人的嘴
请带去我的消息

通知眼睛被渴望所灼痛的人类
和远方的沉浸在苦难里的城市和村庄

请他们来欢迎我——
白日的先驱，光明的使者

（1）根据提示填空，完成对内容的理解。（3分）

"露水""最后一颗星"形象地表明了"黎明"到来的_____，"东方""海上"则具体说明了"黎明"到来的_____，"汹涌着波涛"则说明了"黎明"历经_____而来的情状。

（2）简答题。（2分）

简要分析"通知眼睛被渴望所灼痛的人类／和远方的沉浸在苦难里的城市和村庄"的含义。

2. 阅读诗歌，完成习题。（5分）

别
吴奔星

你走了，
没有留下地址，
只留下一串笑容在夕阳里；
你走了，
没有和谁说起，
只留下一双眼睛在露珠里；

你走了，
没有说去哪里，
只留下一排影子在小河里；

你走了，
笑容融化在夕阳里，
双眼动荡在露珠里，
影子摇晃在河水里。

哪里都有夕阳，
哪里都有露珠，
哪里都有河水，
你走了，
留下了整个的你。

（1）根据提示填空，完成对内容的理解。（3分）

诗人巧妙地抓住友人的形象特点，把笑容与＿＿＿＿，眼睛与＿＿＿＿，影子与＿＿＿＿，融合一起，使画面跃然纸上。

（2）简答题。（2分）

说说你对加点诗句的理解。

五、写作（30分）

艾青是一位热爱和追求光明的诗人。"太阳"的形象，讴歌太阳的主题，曾在他的诗中多次出现。一九三七年春，在他写的《太阳》一诗中，"太阳"是一个给人类带来光明和新生的形象；一九三八年四月，艾青在长诗《向太阳》中赞美"太阳"的光辉、伟力，寄托着人们对曙光的向往。一九四〇年《太阳》诗中写出对太阳的追求、崇拜。一九四二年《太阳的话》一诗，"太阳"成了抒情主人公，他把花束、香气、露水等洒满人们"心的空间"。而《给太阳》一诗，写法更是别出心裁：诗人直接与"太阳"攀谈；诗中的"太阳"既是"不朽的哲人"，又是美好生活的"镀金匠"。

本书中直接以"太阳"为题目的诗就有五首，艾青仿佛是一位夸父，至死不渝地追寻着太阳、光明和理想。请同学们比较阅读艾青诗歌中以"太阳"为题的五首诗歌，写一篇读后感。

检测题（二）

（全卷五个大题，满分 100 分，测试时间 40 分钟）

一、填空题（每题 2 分，共 20 分）

1.艾青写的第一首叙事诗是《＿＿＿＿＿＿＿＿》，这是艾青在狱中直接以《圣经》为题材创作的。

2.《煤的对话》这首诗采用了＿＿＿＿＿的写作手法（从修辞的角度作答），使人感到亲切。全诗用＿＿＿＿＿的形式，一问一答。

3.《秋晨》中"但到处都一样的使我留恋"，原因可用《我爱这土地》中"＿＿＿＿＿＿＿"这一句来回答。

4.《旷野》中使诗人的情感找到落脚点、喷发点的意象是＿＿＿＿＿＿＿＿，而＿＿＿＿＿＿这一意象始终贯穿整首诗歌。

5.《旷野》（又一章），全诗都是以＿＿＿＿＿（谁）为线来写的。

6.《愿春天早点来》中，"春天"象征＿＿＿＿＿＿＿＿＿＿。

7.《火把》的主题是赞美＿＿＿＿＿＿＿和＿＿＿＿＿＿＿。

8.《树》一诗用"＿＿＿＿＿＿"一词将上下两节诗联起来，又将诗意引向纵深。

9.《年轻的母亲》一诗直接赞美"最美的是＿＿＿＿＿"，因为那里"有不可侵犯的庄严"。

10.诗句"他在草原上流浪／抱着琴像抱着爱人／无论到什么地方／都发出悲哀的声音"出自艾青的《＿＿＿＿＿＿》。

二、选择题（每题 2 分，共 20 分）

1.下面对《雪落在中国的土地上》这首诗的内容的理解和赏析，不正确的一项是（　　）。

A. 这首诗的语言具有散文美，比如"寒冷""封锁"等词语虽然简洁，没有雕琢和虚饰的痕迹，但极富表现力。

B. 在这首诗中，诗人控诉了人民所遭受的苦难，从北方到南方，勾勒了四幅饥馑流亡图，画面中有男有女，有老有少。

C. "雪落在中国的土地上，寒冷在封锁着中国呀……"这里的"土地"，不再是单纯的客观景物，而是灌注了作者主观情感的"物象"。

D. 这首诗每部分均以"雪落在中国的土地上，寒冷在封锁着中国呀……"作为开头，反复出现，强化抒情意味。

2.下列艾青的诗中，突出地运用了散文化的笔法的是（　　）。

A.《手推车》　　　　　　B.《解冻》　　　　　　C.《桥》　　　　　　D.《树》

3.《城市人》中的"城市人"具有怎样的灵魂？（　　　）

A. 高尚　　　　　　B. 庸俗、卑劣　　　　　　C. 虚伪　　　　　　D. 恶毒

4.《旷野》（又一章）中诗人说自己是谁的儿子？（　　　）

A. 大堰河　　　　　　B. 人民　　　　　　C. 父母　　　　　　D. 旷野

5. 下列艾青的诗中，运用了象征手法的是（　　　）。

A.《树》　　　　　　B.《青色的池沼》　　　　　　C.《山城》　　　　　　D.《低洼地》

6.《时代》中诗人希望把自己全心全意地献给（　　　）。

A. 这个伟大的时代　　　　　　　　　　B. 自由

C. 光明、理想　　　　　　　　　　　　D. 革命的胜利

7.《给乌兰诺娃》一诗是诗人观看以下哪项艺术行为后的作品？（　　　）

A. 小提琴演奏　　　　　　B. 油画展　　　　　　C. 芭蕾舞　　　　　　D. 钢琴演奏

8. 不属于《新的年代冒着风雪来了》一诗中所勾勒的场景的选项是（　　　）。

A. 风雪漫天　　　　　　B. 硝烟弥漫　　　　　　C. 列车奔驰　　　　　　D. 城市新貌

9.《年轻的母亲》捕捉的生活场景是（　　　）。

A. 母亲给婴儿哺乳的场景　　　　　　　B. 母亲抱婴儿时的情景

C. 母亲拍婴儿入睡的场景　　　　　　　D. 母亲为儿垂泪的情景

10. 下面诗歌没有涉及新的时代素材的是（　　　）。

A.《写在彩色纸条上的诗》　　　　　　　B.《马头琴》

C.《帐篷》　　　　　　　　　　　　　　D.《年轻的母亲》

三、判断题（每题2分，共20分）

1. 艾青对于光明、理想和美好生活的热烈追求，常常借助"太阳"这一意象得以表现。而他对土地的关注，就是对农民、民族、祖国的挚爱。（　　　）

2.《我爱这土地》分别描述了鸟儿歌唱的四个对象：土地、河流、风、黎明，它们的核心是"黎明"。（　　　）

3.《他死在第二次》固然也有一些叙事的成分，但主要还是直接抒发作者自己的情感。（　　　）

4.《河边诗草（五首）》诗人以大地的主人、新生活的主人的姿态抒发喜悦与振奋的情怀。（　　　）

5. "美丽的火把／耀眼的火把／热情的火把／金色的火把／炽烈的火把"，重叠排比的运用，写出了诗人对火把的赞美之情。（　　　）

6.《献给乡村的诗》中诗人将"明丽的风光"和"污秽的生活"作对比。（　　　）

7.《礁石》运用了比拟与烘托的手法，表达了对坚韧精神由衷的赞美。（　　　）

8.《写在彩色纸条上的诗》诗人用清新的笔调抒写了自己绚丽的青年时代。
（　　　）

9.《马头琴》用叙事的形式重新演绎了马头琴的传说，诗歌哀婉动人。（　　　）

10.《启明星》用象征的手法赞美了那些面对黑暗永不退缩，迎来光明后又甘心归于平凡的人。（　　　）

四、诗歌阅读理解（10分）

比较阅读下面两首小诗，完成习题。

我爱这土地
艾青

假如我是一只鸟，
我也应该用嘶哑的喉咙歌唱：
这被暴风雨所打击着的土地，
这永远汹涌着我们的悲愤的河流，
这无止息地吹刮着的激怒的风，
和那来自林间的无比温柔的黎明……
——然后我死了，
连羽毛也腐烂在土地里面。

为什么我的眼里常含泪水？
因为我对这土地爱得深沉……

一九三八年十一月十七日

礁石
艾青

一个浪，一个浪，
无休止地扑过来，
每一个浪都在它脚下
被打成碎沫、散开……

它的脸上和身上
像刀砍过的一样
但它依然站在那里

含着微笑，看着海洋……

一九五四年七月二十五日

1. 根据提示填空，完成对内容的理解。（6分）

（1）《我爱这土地》一诗中，意象丰富，各有意蕴。其中"暴风雨打击着的土地"象征着＿＿＿＿＿＿；"河流""风"象征着＿＿＿＿＿＿；"温柔的黎明"象征着＿＿＿＿＿＿。（3分）

（2）《礁石》一诗中"一个浪，一个浪"采用了＿＿＿＿＿＿修辞，突出了浪的＿＿＿＿＿＿。诗中的"礁石"具有＿＿＿＿＿＿精神。（3分）

2. 简答题。（4分）

（1）说说两首诗歌意象选择上的相同特点。（2分）

（2）以上面两首诗为例，说说艾青在三十年代和五十年代的诗歌有哪些改变。（2分）

五、微写作（30分）

请将《礁石》改写成一篇散文诗，字数400字左右。

检测题（三）

（全卷五个大题，满分 100 分，测试时间 40 分钟）

一、填空题（每题 2 分，共 20 分）

1."大堰河以养育我而养育她的家。"这句中前一个"养育"的意思是_____；后一个"养育"的意思是_____。

2.《他死在第二次》是一首以_____为题材的诗，诗歌聚焦普通人，歌颂其伟大的_____精神，揭露侵略者的肆虐暴行，朴实的诗句流淌着诗人鲜明的爱与恨。

3.《手推车》善于运用冷色调的词语来传情达意，比如：_____、_____、_____。

4.《乞丐》一诗通过描写乞丐的_____、_____、_____，着力表现了乞丐的饥饿和内心的痛苦，从一个侧面表现了灾区、战地的面貌。

5.《我爱这土地》一诗，诗人假托自己是_____，使情感的表达与喷发找到了载体，构思奇巧。

6.《桥》中"智慧的人类_____在水边：于是产生了桥"。此处留白让诗歌尽显张力。

7."你又在用你纯真的歌声，永远流滴着欢愉的歌声"选自艾青的诗《_____》。

8.《灌木林》呈现出的是_____季的景色。

9.《给乌兰诺娃》用"_____"的诗句写出舞者的柔美。

10.《新的年代冒着风雪来了》诗歌第一句"_____"直接点题，把新时代来临的喜悦之情表达出来。

二、选择题（每题 2 分，共 20 分）

1.艾青诗歌的主要创作风格是（　　　）。

A.浪漫主义　　B.现实主义　C.现代主义　D.后现代主义

2.艾青的成名作是（　　　）。

A.《向太阳》　B.《芦笛》　　C.《北方》　D.《大堰河——我的保姆》

3.下列对《大堰河——我的保姆》相关诗句的理解和分析，错误的一项是（　　　）。

A."我被生我的父母领回到自己的家里。"这里的"自己"就是指代"我"。

B."我做了生我的父母家里的新客了。"虽回了"家"，却只是"客"，矛盾中包含着复杂辛酸情绪。诗歌第六节都是围绕这个矛盾展开铺叙的。

　　C."她含着笑，洗着我们的衣服……"诗歌第七节连用六个"笑"，与"大堰河，她含泪地去了"形成对比，让我们感受到一种辛酸，感受到一份沉重。

　　D.诗歌第十二节中"当我经了长长的漂泊回到故土时"一句饱含着诗人数不尽的人生感慨。

　　4.下列表现诗人艾青关注旧中国广大底层人民的命运的诗歌是（　　　　）。

　　A.《旷野》　　　　　　　　　　B.《冬日的林子》

　　C.《黄昏》　　　　　　　　　　D.《秋》

　　5.《山毛榉》一诗中的山毛榉象征着（　　　　）。

　　A.艾青　　　　　B.旧时代　　　　　C.大树　　　　　　　D.旧中国的农民

　　6.下列不属于反映抗战题材的是诗歌（　　　　）。

　　A.《街》　　　　　B.《我们的田地》　　C.《斜坡》　　　　　D.《向太阳》

　　7.《农夫》中的农夫真正爱的是（　　　　）。

　　A.金钱　　　　　B.儿子　　　　　C.土地　　　　　D.房子

　　8.下列表现思乡之情的诗歌是（　　　　）。

　　A.《风陵渡》　　　B.《黄昏》　　　　C.《怀临汾》　　　D.《愿春天早点来》

　　9.《土地》中"把千万颗心都纽结在一起"的是（　　　　）。

　　A.土地上的田塍和道路　　　　　　B.统治者

　　C.农夫　　　　　　　　　　　　　D.阳光

　　10.《月光》中"我"此刻最了解、最欢喜的人是（　　　　）。

　　A.小屋中的沉睡者　　　　　　　　B.农夫

　　C.艾青　　　　　　　　　　　　　D.革命者

三、判断题（每题2分，共20分）

　　1.《树》是一首单纯的写景诗。（　　　）

　　2.《吹号者》这首诗为我们在中国诗歌历史的广场上塑造了一个吹号者和浸濡着血迹的铜号的形象，让我们在今天仍然能清晰地听到那曾经唤醒了一个民族并激励这个民族奋勇前进的号声。（　　　）

　　3.《太阳》中，诗人用炽热的语言直接刻画了太阳的形象。（　　　）

　　4.诗人在《月光》一诗中采用了情景交融的写作手法。（　　　）

　　5.《火把》中唐尼的哥哥是为革命而牺牲的。（　　　）

　　6.《旷野（又一章）》流露着诗人的爱国热情。（　　　）

　　7.《公路》中诗人一直向往自由、追求自由，来到这山高天阔的公路上，诗人感到了一种解放的愉悦。（　　　）

8.《刈草的孩子》诗人在诗中直接表达强烈的同情。（　　　　）

9.《给乌兰诺娃》是诗人参观油画展后有感而发的诗作。（　　　　）

10.《年轻的母亲》诗人用了长短句去表现一位年轻母亲细腻的母爱。（　　　　）

四、诗歌阅读理解（10分）

1.阅读诗歌，完成习题。（5分）

北方（节选）

一天

那个科尔沁草原上的诗人

对我说：

"北方是悲哀的。"

不错，

北方是悲哀的。

（1）根据提示填空，完成对内容的理解。（3分）

引用诗人端木蕻良的话，其作用是＿＿＿＿＿＿＿＿＿，＿＿＿＿＿＿＿＿＿，

＿＿＿＿＿＿＿＿＿。

（2）简答题。（2分）

《北方》这首诗中，作者说"北方是悲哀的"，请结合全诗，说说：从表层看，造成"悲哀"的原因是什么？从深层分析，造成"悲哀"的原因又是什么？

2.阅读诗歌，完成习题。（5分）

镜子

艾青

仅只是一个平面

却又是深不可测

它最爱真实

决不隐瞒缺点

它忠于寻找它的人

谁都从它发现自己

或是醉后酡颜

或是鬓如霜雪

有人喜欢它
因为自己美

有人躲避它
因为它直率

甚至会有人
恨不得把它打碎

一九七八年

（1）根据提示填空，完成对内容的理解。（3分）
诗歌中的"镜子"具有_____，_____，_____的特征。
（2）简答题。（2分）
这首诗歌运用了多种修辞手法，试选其一说说作用。

五、微写作（30分）
仿写诗歌《冬日的林子》第一小节。
"我欢喜走过冬日的林子——
没有阳光的冬日的林子
干燥的风吹着的冬日的林子
天像要下雪的冬日的林子"